目次

プロローグ

その日の東京は、晴天だった。

真夏でありながら暑すぎず、心地よい風が吹いている。

櫻井《さくらい》小《こ》春《はる》は、渋谷《しぶや》のハチ公《こう》像の前まで来て、足を止めた。

風が吹き抜ける。

小春は泳ぐ髪を耳に掛けながら、ぐるりと辺りを見回す。

人で賑《にぎ》わっているが、雑多な感じはせず、町がきらきらと光っている。

きっと、若宮《わかみや》が降らせた浄化の雨のおかげかもしれない。

騒動があった翌日から、約三日間、この東京の町に、雨が降り続いた。

梅雨のようにしとしとと、陽に照らされ続け疲れた大地を癒《い》やして潤すような、とても静かで優しい雨だった。

そんな雨が上がったのは、今朝のことだ。

「若宮くん、気を利かせてくれたのかな？」

小春はそっとつぶやいて、頬を緩ませる。

今日の午後、小春は、賀茂《かも》澪人《れいと》と共に京都に帰る予定だ。

その前にお土産を買おうという話になり、待ち合わせの定番中の定番、『渋谷ハチ公前』で澪人を待っている。

ここで待ち合わせをしようと言ったのは、澪人だった。

『そや、せっかくやし、ハチ公前にしよか。東京ネタになるし』

定番とはいえ、東京で生まれ育った小春がここで誰かと待ち合わせるのは、これが初めてのこと。

王道のように言われているけれど、このスマホ普及時代だ。

以前ほどハチ公像の前で待ち合わせる人はいないのでは？

ここに来るまで、小春はそんな考えを持っていたが、それは違っていた。

ハチ公像の前は、待ち合わせの人で溢《あふ》れている。

「やっぱり、ここは今も変わらず定番なんだ」

小春は少し感心して、ハチ公像の前に立つ。

待ち合わせの時間よりも早めに着いたため、澪人の姿はまだない。

だが、彼も早めに来るところがあるので、ついつい目で探してしまう。

その時、ショルダーバッグの中にあるスマホが、ピコンと音を立てた。小春はいそいそとスマホを取り出して確認する。

澪人からメッセージが届いていた。

『かんにん、ロビーで谷口《たにぐち》さんに会《お》うて話し込んでしもて、少しだけ遅れるかもしれへん』

文面から、申し訳ないという気持ちが伝わってきた。

『分かりました。大丈夫ですよ。ゆっくり来てください』

と返信して、スマホをバッグに入れる。

『谷口さん』とは、谷口透《とおる》のこと。

元々は、西の審神者頭《さにわがしら》にまで昇り詰めた優秀な陰陽師《おんみょうじ》だった。

だが、川瀬《かわせ》博也《ひろや》が率いる、陰陽師組織を壊滅に追い込もうと画策していたグループの目論見《もくろみ》により陥れられ、失脚した。

その後、陰陽師組織を離れた谷口だが、すべての事情を知った澪人の計らいで、彼は組織に戻ったのだ。

大きく崩れた東の本部を立て直すには、谷口の力が必要だと考えたためだ。

組織に戻った谷口は、自分と同様に川瀬博也に操られていた東の本部長と共に、新たな組織に生まれ変わらせるべく尽力しているという話だ。

凶星《きょうせい》か……、と小春はつぶやく。

自分たちのこれまでの奮闘を思い、大変だったな、と小春は肩をすくめた。

川瀬が率いていたグループを、自分たちは『凶星』と呼んでいた。

『凶星』は、東京の波動を少しずつ下げていた。

それは、禍々《まがまが》しい力を持つ神・禍津日神《まがつひのかみ》をこの地に降臨させ、その力を最大限に発揮させるためだった。

『凶星』に祀《まつ》り上げられていたのが、強い霊力を持つ少年・藤原千歳《ふじわらちとせ》。

彼は、自分を『神に選ばれた人間』と信じ、禍々しい神——禍津日神を自らの体内に取り込んで、京都から東京に運び、日比谷《ひびや》神社に降臨させようとしていたのだ。

そんな千歳を、小春と澪人は強い言葉で諭し、なんとか止めることができた。

だが、追い詰められた川瀬が、禍津日神を降臨させてしまう。

一気に、負のエネルギーが日比谷神社周辺に広がった。

このままでは、禍々しく大きな負のエネルギーが、首都圏に、そして全国に広がってしまう。

あわやというところでそれを阻止することができたのだ。

まず、狐神《きつねがみ》のコウメと狛猫《こまねこ》のコマが、五芒星《ごぼうせい》の結界を張った。

その後、京都にいる仲間たちや、西の陰陽師たちが各地に散らばって、禍津日神がもたらす禍《わざわい》を直す神――大直日神《おおなおびのかみ》を降臨させたのだ。

その後の大きな功労者は、黒龍《こくりゅう》の若宮だろう。

各地に降り立った大直日神を日比谷神社に呼び寄せてくれたのだ。

そうして、大直日神の力をもってして、禍々しい負のエネルギーを回収し、禍津日神を天に還《かえ》すことができた。

おかげで、事なきを得たのだった――。

小春が、物思いに耽《ふけ》っていると、

「――あれ、小春？」

聞いたことのある声がして、驚いて顔を上げた。

「やっぱり小春だ」

そこには、中学時代のクラスメートが三人、確かめるようにこちらを見ている。

「……あ」

彼女たちは、かつて友達『だった』。

友達として振る舞いながら、小春に憎悪の感情を抱いていた子たちだ。

胸の内で、憎しみの感情を抱くだけなら仕方がないことだろう。

それは誰しもにあることだ。だが彼女たちは、それだけでは飽き足らず、学校の裏サイトという匿名掲示板で小春の悪口を書き連ねていたのだ。

彼女たちは今も、悪口を書いていた頃のままなのか、心を読まなくても、小春の姿を見て面白がっているのが伝わってくる。

「あれぇ、小春って、家から出られなくなって、京都のお祖母《ばあ》ちゃんとこに行ったんじゃなかったっけ？」

「もしかして、里帰り？」

「こうして、普通に外に出られるようになったんだ。良かったじゃん」

と、少し小馬鹿にするような口調で言いながら、近付いてきた。

「………」

以前の自分なら、こういう時、萎縮《いしゅく》してしまっていた。

顔を強張《こわば》らせて、身を縮ませて、目をそらすようにして。何か言いたいのに、あの時に受けた恐怖が蘇《よみがえ》って、足がすくんでしまっていただろう。

だけれど今は、心が凪《なぎ》のように穏やかだった。

不思議だな、と小春は思う。

これまで、うんと怖い目に遭いながら歯を食いしばって、戦ってきたからなのかもしれない。

「うん、ありがとう」

小春が微笑みを返すと、三人は少し驚いたように目を瞬かせる。

その後に、彼女たちは、拍子抜けしたような表情を浮かべた。

「まぁ、小春が元気そうで良かった」

「うんうん、心配してたから」

「そういえば、工藤《くどう》くん、彼女できたって知ってる？」

『工藤くん』は、中学の時に人気のあった男の子だ。

当時、小春は、誰もいない放課後の教室で、彼から告白めいたものをされた。どうやら、それを誰かに目撃されていたようで、噂はすぐに広まった。

今にして思えば、彼女たちの自分への憎悪のスイッチが入ったのは、あの出来事がきっかけだったのかもしれない。

そんな彼も、今高校で彼女ができた。

その情報に対して、特に思うことはなく、「そうなんだ」と小春は微笑んだまま相《あい》槌《づち》をうつ。

ショックを受けた様子ではない小春を見て、三人はさらに拍子抜けだったのか互いの顔を見合わせる。

彼女たちは、すぐにムキになったように話を続けた。

「工藤くんさ、今の彼女、ちょっと小春っぽい子なんだよね」

「小春みたいな子が好みなんだろうね」

「それか、小春の代わりにしてるのかもよ？」

そんな言葉を付け加える彼女たちに、そう言われても、と小春は弱ったように眉《まゆ》を下げた。

「うん、でも、もう過ぎたことだから」

その反応も期待していたものと違っていたようで、ふぅん、と少し面白くなさそうに鼻を鳴らす。

「ね、高校行ってないって本当？」

「今、何してるの？　通信とか？」

「大丈夫？」

一応は、心配そうに訊《き》いているが、好奇心しかないのが伝わってくる。

今思えば、彼女たちが始まりだった。

彼女たちの憎悪の感情を読んでしまったことで、自分は学校に行けなくなり、結果、京都に移り住むことになったのだ。

新たな場所で、小春は特殊な力を持つ自分を受け止めることができた。

素晴らしい出会いや学びがたくさんあった。

それらがすべて森羅万象の計らいなら、彼女たちは悪役を担ってくれたに過ぎない。

そう思うと、より穏やかな気持ちになってくる。

「心配してくれて、ありがとう。みんなも知ってる通り、私、学校に行けなくなって、大変だった時期があった。けど、私もなんとかがんばったんだ……。今は京都の高校に通ってるよ」

小春がはにかんでそう言うと、三人は言葉を詰まらせた。

少しの沈黙が訪れ、彼女たちは面白半分で言っていたことを恥じ入るように身を縮ませる。

「……そっか、小春、本当にがんばったんだね」

一人が、ぽつりと洩《も》らした。

その言葉は嬉《うれ》しく、小春は、うん、とうなずく。

「私なりにだけど……」

家から出られなくなって、ちゃんと喋《しゃべ》れなくなった。

それから色々なことがあって、今ここにいる。

かつて確執があった友人たちを前にして、こうして話せるまでになったのだ。

彼女たちから、『茶化して申し訳なかったな』という感情が流れてくる。

小春は思わず、『そんな、もう気にしないで』と答えてしまいそうになり、ぐっ、とこらえた。

その時だ。

「小春ちゃん、お待たせしてしもて」

横から澪人の声がして、小春は顔を向ける。

彼は襟付きの白いシャツにジーンズという、いつものシンプルな出《い》で立ちだった。

他の者を圧倒するその美貌《びぼう》と雅《みやび》な雰囲気は、いつもと変わらない。

だが、渋谷という土地柄のせいか、周囲の人が思わず二度見するほどに目立っていた。

澪人を前に、口に手を当てて見惚《みと》れている女性の姿も見える。

「わっ、素敵」

「だれ、芸能人？」

「撮影だったりして」

そんな声があちらこちらから聞こえてきた。

元クラスメートの三人は、揃って小春と澪人を何度も交互に見て、

「え、もしかして、彼氏？」

目を泳がせながら、呆然《ぼうぜん》と訊《たず》ねる。

「あ、うん。……そうなの」

小春はぎこちなく頷《うなず》く。

彼女たちは、目と口を大きく開いて澪人を見やった。

「え、ほんとに彼氏なの？」

露骨に、信じられない、という様子を見せる三人に、小春は肩をすくめる。

無理もない。

こんな素敵な人を前にして、誰も自分の彼氏だとは思わないだろう。

居たたまれなくなり、

「それじゃあまた」

と、小春は彼女たちに会釈して、澪人の許《もと》に向かおうとする。

瞬間、足首にふわっとした毛皮のようなものが絡まった。

「わっ」

思わず、つまずきそうになったが、

「小春ちゃん」

澪人がすぐに小春を抱き留めた。

「す、すみません。何か、毛皮みたいなのが足に」

「毛皮？」

足元を見ても、何もない。

なんだったのだろう？

小春が小首を傾げていると、澪人が、ふっ、と頬を緩ませた。

「小春ちゃん、あかん」

「えっ？」

「靴紐《くつひも》が緩んでるし」

視線を落として確認しようとした時には、澪人は既に片膝《かたひざ》をついていて、小春の靴紐を結んでいた。

きゃああ、と悲鳴のような黄色い声が周囲から上がる。

澪人は、何かあったんやろか、と少し不思議そうにしながら立ち上がった。

ありがとうございます、と小春は頬を赤らめながら会釈する。

「ほな、行こか」

そう言って、小春の前に手を差し伸べる。

綺麗《きれい》な長い指の、大きな手だった。

「はい」

小春はうなずいて、その手を取る。

「小春っ」

背後で彼女たちの声がして、小春は振り返った。

「小春、京都でも元気でね」

「素敵な彼氏、羨《うらや》ましい」

「またね」

彼女たちはそう言って、大きく手を振っている。

その少し前で、コウメが得意げに親指を立てていた。

「コウメちゃん……」

あの毛皮の正体はコウメの仕業だったようだ。

同時に、彼女たちの心の声が、小春の頭に届く。

心を読もうとしていなかったのに、どうしてだろう？　と戸惑ったが、その内容を聞いて、コウメの計らいに違いない、と小春は頬を緩ませる。

『思えば、小春はいつも人一倍がんばってたんだよね』

『私、結果だけを見て、小春を妬《ねた》んでしまっていたな』

『やっぱり一生懸命がんばっていると、良いことってあるんだね』

伝わってきたのは、そんな想いだった。

小春は目頭が熱くなるのを感じ、

「ありがとう、またね」

と、大きく手を振り返す。

ふと、澪人の方を見ると、彼は少し心配そうに小春を見下ろしていた。

「大丈夫なん？」

澪人はつないだ手に少し力を込めて、訊ねる。

「大丈夫です。行きましょう」

小春は笑みを返して、澪人の手を握り返す。

「東京の土産って、何がええんやろ。ひよ子饅頭《まんじゅう》やろか」

歩き出しながら、真剣にそうつぶやいた澪人に、小春は思わず笑った。

「澪人さん、ひよ子饅頭は福岡の銘菓なんですよ？」

えっ、と澪人は目を瞬かせる。

「そうやったん？　東京に出張にいった仲間たちが、みんな土産に買ってくるさかい、てっきり東京のもんやて思てた。楽しみやったし」

「もしかして、ひよ子饅頭、好きなんですか？」

「好きやで。可愛らしゅうて、なんや食べるのが気が引けるくらいや。まぁ、食べるんやけど」

「分かります。結局、食べちゃいますよね」

澪人は、そやねん、と頷き、「ああ、そうや」と思い出したように小春を見下ろす。

「京都に帰る前に、小春ちゃんのご両親にご挨拶《あいさつ》したいんやけど、いたはる？」

「あ、はい。……きっと喜ぶと思います」

小春がぎこちなく答えると、澪人は、良かった、と目を細める。

「小春ちゃんがまた京都に帰ってしまうて、お二人とも寂しがりそうやな」

澪人は、なぜか申し訳なさそうな口調で言う。

「私もそう思っていたんですけど、大丈夫かもです」

「なんでやろ？」

「……ええ、それが」

小春は頬を緩ませながら、澪人にそっと耳打ちする。

それは、京都に帰る前に、ひとつ、過去を清算した清々《すがすが》しい夏の午後だった。

第一章　初秋の水羊羹とかぐや姫の想い。

一

久々に帰ってきた京都祇園《ぎおん》は、東京に帰省する前と何も変わっていなかった。

さらさらと流れる白川《しらかわ》を囲むように、青々とした柳が葉を揺らしている。

この地を護《まも》る辰巳《たつみ》稲荷《いなり》の小さなお社もそのままだ。

中の通りに入ると、和雑貨店『さくら庵《あん》』の暖簾《のれん》が揺れているのが見える。

店の前を通っただけで、お香の良い薫りが漂い、観光客の足を止めていた。

暖簾をくぐると、可愛らしい和雑貨が並び、店内には雅《みやび》な和楽器の音色が静かに流れている。

何もかも変わらない。

それはそうだろう、小春が東京に帰省していたのは、三週間ほど。

学校もまだ夏休み中だ。

それでも東京で様々なことがあったので、長い時間が経ったような気がしていた。

小春が今着ている、小豆《あずき》色の作務衣《さむえ》もそのままだ。

「お祖母《ばあ》ちゃん、ただいま」

小春の言葉を受けて、木製カウンターの前で針仕事をしていた小春の祖母・吉乃《よしの》は、にこりと目を細めた。

「お帰り、みんな喜んでたやろ」

「うん、とっても」

小春が東京から帰ったのは、昨夜《ゆうべ》のこと。

今日から早速、店番だ。

吉乃は『今日はゆっくりしたらええ』と言ってくれたのだが、小春はそれを断った。

祇園に戻り、『さくら庵』で働くのを心待ちにしていたためだ。

今は開店前に、近所の人たちにお土産を配って戻ったところだった。

「みんな宗次朗《そうじろう》さんのお菓子が恋しかったみたい」

小春は、近所の人たちの反応を思い返して、ふふっと笑う。

東京を出る前、小春と澪人は吉乃を含めた世話になっている人たちへの東京土産を買おうと、色々と見て回った。

何が良いか考えあぐねた結果、『みんなが食べたいのは、宗次朗さんの和菓子じゃないか』という結論にいたり、浅草《あさくさ》の風林堂《ふうりんどう》の和菓子に決めたのだ。

それは大正解だったようだ。

近所の人たちに、『これは東京のお土産です』と言うと、『そんな気ぃ遣《つこ》てもらわんでも、ええのに』と返すも、『宗次朗さんの和菓子なんですよ』と付け加えると、皆は瞬時に目を輝かせる。

『宗ちゃんの和菓子は、何よりも嬉《うれ》しいわ』

そう言って、本当に嬉しそうに受け取ってくれた。

あまりに分かりやすかった皆の反応を思い出し、

「宗次朗さん、愛されてるねぇ」

小春はしみじみとつぶやきながら、白い腰エプロンを着ける。

それについては同感ではあるものの声には出したくなかったのか、吉乃は何も答えない。だが、その口元は嬉しそうに緩んでいた。

「特に弥生《やよい》さん、喜んだやろ」

その人は、西村《にしむら》弥生といって近所の漬物屋の女将《おかみ》さんだ。

彼女は不思議な話が大好きで、吉乃の友人であり、『拝み屋』としての吉乃のファンでもある。

「うん、とっても」

その時、弥生が言っていた言葉も思い出した。

「弥生さんがね、『宗ちゃんがいなくなって吉乃さん、日に日にしょぼくれていって、うちも心配やったんや。小春ちゃんが戻ってくれて良かった』って言ってたよ」

「別に、しょぼくれてへんし」

吉乃は口を尖《とが》らすようにして言う。

強がっているのが伝わってきて、小春は小さく笑った。

「……宗次朗さん、早く帰って来てくれるといいね」

宗次朗だけは、帰りが遅れている。

『凶星』の妨害から足を捻挫《ねんざ》してしまい、完治してバイクに乗れるようになってから帰ってくると言っていた。

それは表向きで本当の理由は、今や恋人になった澪人の姉の賀茂杏奈《あんな》が、フランスから帰って来るのを東京で待ちたかったようだ。

「ええねん。もうあの子のことは当てにしてへん」

「もしかして、帰ってこないと思ってる？」

そうやなぁ、と吉乃は針を持つ手を止めた。

「風林堂さんには、息子の透さんが戻ってきたし、宗次朗もあそこには、いつまでもいいひんやろうけど……。そやけど、杏《あん》ちゃんのことを考えたら、東京に残る可能性もあるやろ」

杏奈は売り出し中の女優だ。

今ようやくその存在感と実力が認められてきていて、先日は、フランスの映画祭の賞を受賞したくらいだ。

杏奈の側にいるために東京に留《とど》まるというのは、ありえそうだ。

「お祖母ちゃん、寂しくない？」

「寂しくないて言うたら嘘やけど、親なんてそんなもんや。そもそも、嫁より母親を優先にするような男は好かへん」

きっぱりと言い切る吉乃に、ぷっ、と小春は噴き出した。

「お祖母ちゃんらしい」

「そやかて、そうやん？　結婚したら男は何より嫁を優先にすべきや。親を大切にするのは前提やけど、嫁より母親が最優先の男なんて嫌やろ」

小春は頬を緩ませながら、うん、とうなずく。

「思えばうちのお父さんも、お母さんを優先にしてるもんね……」

「それでええねん。巣立ってくれた証拠や」

「巣立つって、鳥みたいね」

そうやな、と吉乃は笑う。

「そやけど、鳥のような子育てをするのが、親の役目て思てるんや」

「どういうこと？」

「鳥の多くは、巣を作ってから卵を産むやろ？」

「うん」

「雛《ひな》が孵《かえ》ったら、夫婦交代で懸命に餌をやって、少し育ってきたら、飛び方を教える。ほんで、自分だけで飛べるようになったら、その子を信じて、見送るんや。自分で、自分だけの空を自由に飛べるように導いて、見届ける。人間の親もそうありたいて、私は思ってるんや」

小鳥が大空へと飛んでいく姿が浮かぶ。

親鳥は、寂しくも誇らしい気持ちで、旅立ちを見届けるのだろう。

「でも、やっぱり、ちょっと寂しいね」

人には、鳥にはない、強い情があるからだ。

「そやけど、鳥と違《ちご》て、時々帰って来てくれるし」

そうだね、と小春は微笑む。

「そやから、それでええねん」

吉乃は話しながら、糸を切って手にしている針を針山に刺す。

作っているのは、『香り袋』だ。

小さな鈴が付いていて、中には水晶が入っている。

皆に『最強の魔除《まよ》け』と言われているものだ。

御守の効き目は基本的に一年と言われていて、吉乃の香り袋の魔除け効果は、その香りがなくなるまでだそうだ。

吉乃のファンである弥生は、毎年購入している。

あっ、と小春は、再び吉乃の方を向いた。

「そうそう、弥生さんから言付かっていたこともあったの」

吉乃は顔を上げて、「うん？」と視線を合わせる。

「『周平《しゅうへい》さんのとこの娘さん、近々ほんまに相談に行くと思う』って言ってた」

弥生が口にしていた言葉をそのまま伝えると、ああ、と吉乃は相槌《あいづち》をうつ。

「『周平さん』は、お祖母ちゃんのお友達？」

「友達てほど親しくあらへんのやけど……。まぁ、知り合いやな。その人の娘さんは、竹美《たけみ》さんていうて今は神戸《こうべ》に住んでて、京都に来たときは弥生さんのお店で漬物買《こ》うてるんやって」

うん、と小春は相槌をうつ。

「周平さんは去年亡くならはったんやけど、それから妙なことが起こるて話や」

そこまで聞いて、小春は事情を理解した。

「相談って、『祇園の拝み屋さん』としてのお祖母ちゃんを頼ってくるということだったんだね」

思えば、拝み屋として活躍する吉乃の姿を見るのは久々であり、心なしかわくわくしてくる。

「周平さんも、祇園でお商売をしてたの？」

「アンティークを扱った商売をしたはったけど、祇園とちゃうよ」

「アンティークって、もしかして、寺町三条《てらまちさんじょう》の骨董《こっとう》品店？」

商店街の中に『蔵《くら》』という骨董品店があり、吉乃は、そこのオーナーと懇意にしていた。孫である後継ぎの青年は、澪人と親しいそうだ。

ちゃうちゃう、と吉乃は微笑みながら首を振る。

「周平さんの苗字《みょうじ》は『東堂《とうどう》』ていうてな。北大路通《きたおおじどおり》で『アンティーク堂《どう》』ていう輸入家具や雑貨のお店をしたはったんや」

「東堂周平さんっていうんだ……」

小春は独り言のように洩《も》らして、天井を仰いだ。

聞いたことがある名前だ。

どこで聞いたのだろう？

ふと吉乃の方を見ると、なぜかきまりが悪そうな顔をしている。

その様子を前にして、小春の脳裏にある文字が浮かんだ。

『からくりオルゴール。観覧車の制作を賀茂吉乃が担当し、オルゴールを東堂周平が担当した――』

ああっ、と小春は声を上げそうになって、堪《こら》えた。

それは、小春の通う学校――学徳《がくとく》学園の図書室で見たものだった。

学徳学園では、高等部卒業時に、『卒業記念作品』を提出するという伝統がある。

作品はジャンルを問わず、自分が得意とするものを提出し、投票によって選ばれたその年の最優秀作品は、図書室の奥にある展示室に飾られる。

かつて吉乃が高校生だった頃、『アンティーク堂』の息子・東堂周平と共に『からくりオルゴール』を制作し、最優秀作品に選ばれていた。

『からくりオルゴール』は、観覧車のかたちをしたメリーゴーランドだった。

くるくると回りながらオルゴールの音色が流れ、鳩時計のように小鳥が顔を出す、今の時代を生きる小春の目から見ても素晴らしい作品だった。

吉乃が東堂周平と組んだのは、最高の作品を作りたかっただけではない。

東堂周平はイギリス人の祖父の血を色濃く受け継ぎ、薄茶色の髪に白い肌、整った顔立ちの、まるで西洋の王子様を思わせる美しい青年だった。

吉乃はそんな彼に憧《あこが》れ、恋をしていたのだ。

だが、その恋は実ることはなかった。

その出来事は――小春も知っていた。

オルゴールのシリンダーに残された想いを読み取ったためだ。

＊＊＊

それは、吉乃が高校三年生だった頃。

卒業記念作品の『からくりオルゴール』の完成が間近だった。

『吉乃さん、もうすぐ完成だね。こんなに素晴らしい物になるとは思ってなかったな』

東堂周平は嬉《うれ》しそうに、『からくりオルゴール』に手を触れていた。

『ほんまやね』

『そういえば、今まで特に疑問を抱かなかったんだけど、曲をビバルディにしたのは、どうして？』

吉乃がオルゴールに選んだのは、ビバルディの『四季《しき》』の四曲だった。

『ほら、白馬はピンクの鞍《くら》で春をイメージしてて、こっちの赤い鞍をつけた黒馬が夏、この栗色に黄色い鞍の馬が秋、ほんで、水色の鞍に葦毛《あしげ》の馬は冬やねん』

『ああ、なるほど』

と彼は納得したように、大きく相槌をうった。

『それじゃあ、五つ目のこの馬車は？』

『こ、これはな、四頭の馬が引いている馬車というイメージなんよ』

『うん』

『ほ、ほんで、四頭の馬は、四季をイメージしてるやろ？　そやから、このゴンドラに乗るのは、カップルやねん』

女子高生だった吉乃は、頬を赤らめながら目をそらして言う。

『そうか、この馬車に乗るカップルは、四季の景色を見られる、ということなんだね』

『そうそう、四季の景色を一緒に見る馬車やねん。ほんで……』

ばくばくと鼓動が打つ中、吉乃は震える手をぎゅっと握った。

『この馬車に、乗れたら思うて』

『……えっ？』

『と、東堂さんと』

そう続けた吉乃に、彼は動きを止めた。

それは、吉乃の精一杯の告白だった。

二人以外は誰もいない教室に、水を打ったような静けさが襲う。

『そ、そやから、ここの曲は東堂さんに決めてほしいんや。卒業記念作品の締め切りにはまだ時間があるし、ゆっくり考えてもろてええんやけど』

選んだ曲で、告白の返事をしてほしい。

吉乃は卒業と同時に、見合いをしなくてはならない。

できれば、好きな人――彼と結婚したかったのだ。

だから、ウエディングマーチのような曲を選んでもらいたかった。

だが、東堂周平が選んだ曲は、ショパンの『別れの曲』だった。

吉乃は、そのシリンダーを手に涙を流した。

失恋した理由は、吉乃自身よく分かっていた。

彼は、陰陽師《おんみょうじ》家の血を受け継ぎ、強い霊能力を持つ吉乃に恐れを抱いていたのだ。

＊　＊　＊

小春は、その『別れの曲』のシリンダーからかつてのことを読み取ったのだった。

その後の吉乃は、失恋で自暴自棄になって、見合いの話を進めるのだが、そこで運命の出会いを果たす。

吉乃は、小春の祖父の写真を見て、『この人の子どもを産みたい』と雷に打たれたように思い、その勢いのまま結婚に至った。

そうして、祖父が亡くなるまで、夫婦はずっと仲睦《なかむつ》まじかったのだから、『終わり良ければすべて良し』といったところだろうか。

吉乃にとって東堂周平は、あくまで『初恋の人』。

その人も去年亡くなってしまったのだという。

「そんな、東堂さんの娘さんが、お祖母《ばあ》ちゃんを頼ってくる……」

小春は、小声でぽつりと洩らした。

奇妙な縁を感じずにはいられない。

「えっと、その娘さんって、いくつくらいなのかな？」

「きっと、あんたのお母さんと同じくらいやろ」

「それじゃあ、四十代くらいなんだ……」

ということは、東堂周平は、吉乃と同時期に結婚したのだろうか？

つい、『お祖母ちゃんを振った東堂さんは、どんな人と結婚したんだろう？』などと思ってしまい、小春は複雑な表情を浮かべる。

その心中を察したように、吉乃はふふっと笑った。

「東堂さんは、高校を卒業して、ロンドンに留学したんや。そこで出会ったイギリス人の女性と結婚したんやって」

「それじゃあ、国際結婚を……」

東堂周平は、イギリス人の祖父を持つ。

そういうこともあって、ロンドンに憧れを抱いていたのかもしれない。

そこでイギリス人女性と出会い結婚して、子どもを授かった。

訪ねてくるかもしれない女性は、その子——竹美ということだ。彼女はきっと日本人離れした外見をしているのだろう。

そやけど、と吉乃は残念そうに息をつく。

何を言うのだろう。

小春は次の言葉を待ったが、吉乃は何かに気が付いたようで、口の前に人差し指を立てた。

「おしゃべりは仕舞いやな。お客さんがぎょうさん来はるし」

小春が顔を上げると、外からわいわいと観光客がやってくるのが見えた。

「わー、可愛い」

「このお店、いい香りがするね」

次の瞬間には、店内は客でいっぱいになった。

まだ夏休み中ということで、若い女性や家族連れが多い。

彼らは店内をぐるりと見て回り、そのまま帰っていく人がほとんどだ。

実際に購入に至る人は、十人中三人くらいだろうか。

吉乃は、それでいいと思っているようだ。

ここに人が訪れ、楽しい気持ちになるだけで、良い気が流れ込み、良い波動が生まれる。そうやって常に新しい風が入ってくれば、それがまた次の客を呼び込むのだ。

混み合う時間も、以前と大体変わらないが、それでも久しぶりなため、小春は勘を取り戻すのに苦労をしながら、夕方を迎えた。

「お祖母ちゃん、そろそろ暖簾《のれん》、しまう？」

小春は、店内の壁かけ時計に目を向けながら問う。

閉店時間は夕方六時だが、日によってまちまちだ。

「そやね。……ああ、閉店の頃を選んで、来たみたいやわ」

「えっ？」

その言葉から、数十秒後。

外から、小さな足音が聞こえてきた。

相変わらず、吉乃は人の気配に敏感だ。鋭い霊感を備え持っているのはもちろん、長い間、商売をやってきたからかもしれない。

「すみません」

と、暖簾をくぐってきたのは、四十代頃に見える女性だった。

彼女は、薄茶色の髪に真っ白い肌、彫りの深い目鼻立ちをしている。

小春が予想をしていた通り、日本人離れした外見の、美しい女性だった。

吉乃は一瞬、驚いたように動きを止めたが、すぐに腰を上げた。

「いらっしゃいませ」

「突然すみません、西村さんにお聞きして……」

おずおずと言う彼女に、吉乃はにこりと微笑む。

「東堂さんの娘さんやね？」

「は、はい。はじめまして、水城《みずしろ》竹美と申します」

「竹美さん……。ほんま、東堂さんそっくりでびっくりしたわ」

これは吉乃の本音だったようで、熱がこもっている。

彼女を見て驚いていたのは、あまりに彼に似ていたからだろう。

竹美は、曖昧《あいまい》な笑みでぎこちなく会釈をする。

「ほんなら、竹美さん。奥の椅子へどうぞ。赤い和傘があるとこや」

と、吉乃は彼女に椅子に座るよう促す。

「お祖母ちゃん、私は暖簾片付けて、お茶の用意をするね」

「おおきに」

小春は、暖簾を片付け、お茶の準備をすべく二階へと向かった。

二

「――竹美という名は母がつけてくれたものなんです。母は京都に来て竹林の美しさに感動したそうで、それで私に『竹美』と……。私は日本人には見えない外見をしているので、よくミスマッチだと笑われるんですよ」

竹美は、小春が用意した冷たいお茶を飲みつつ、自己紹介がてら自分の名前が付けられた由来をにこやかに話す。

小春も正直、同じように感じていたため、無意識にうなずいていた。

「凜《りん》とした、ええ名前やね」

そう言った吉乃に、竹美は一瞬戸惑ったような表情を見せたが、その後に微笑んだ。

これまで、『外見と名前が合っていない』と言われ続けていて、本人もそれをネタにしてきたのだろうが、そのまま褒めてもらえて嬉《うれ》しかったのだろう。

「そうや、小春。ちょうど、宗次朗の土産の和菓子があったやろ。あれ、竹美さんにピッタリやし、持ってきてくれへん？」

吉乃の言葉を受けて、小春は、ふふっ、と笑い、

「そう言うと思って、用意していたの」

木製カウンターの上に置いていたお盆を手に取った。

「――どうぞ、初秋の和菓子、『かぐや』です」

小春はそう言って、竹美と吉乃の前に、黒い漆塗りの皿を置いた。

皿の上には、竹の器があった。斜めに切り込みが入っている。

吉乃は見本を見せるように、竹の蓋《ふた》を上にスライドするように取る。

中には、透明の寒天と瑞々《みずみず》しい水羊羹《みずようかん》が二層になって入っていた。

上は寒天で、中には金粉が線香花火のように輝いている。

下は小豆《あずき》色の水羊羹で、栗が入っていた。

終わる夏を惜しみ、秋の訪れを喜ぶ和菓子だ。

小春は、この和菓子を近所の人たちに配った。

まぁ……、と竹美は感嘆の声を洩《も》らす。

「綺麗《きれい》。竹を開けると、こんなに素敵な和菓子が」

「そやから、『かぐや』やな」

「本当ですね」

竹美は、いただきます、と手を合わせて、木べらを取り、透明の寒天部分を食べる。

「ああ、とても爽《さわ》やかな味わい」

そのまま、下の水羊羹を口に運び、竹美は思わず、という様子で目を瞑《つむ》った。

「瑞々しいのに、濃厚で上品な甘さ」

しみじみと告げる彼女に、昨夜のうちにこの和菓子を食べている小春は、うんうん、と同感する。

上の寒天は、夏の暑さの疲れを癒《い》やしてくれる優しく爽やかな甘さで、下の水羊羹は、彼女が言う通り、瑞々しいのに濃厚だ。

そしてその中に入っている栗の甘露煮のしっとりとした甘さは、秋の訪れの喜びを感じさせる。

「器もワクワクしてしまいますし、素敵なお菓子ですね。これはどちらの？」

「これは、息子が作ったものなんや」

自分でも買いたいと思っているのか、竹美は前のめりになった。

「息子さんはどちらに？」

「今は、東京の浅草に」

そうですか……、と竹美はつぶやき、聞きにくそうに訊《たず》ねる。

「それじゃあ、吉乃さんは、ここで一人暮らしを？」

吉乃は首を振って、小春に視線を移す。

「孫の小春と一緒やねん」

「お孫さんだとは思っていましたが、てっきり近くに住んでいるのかと。そうですか、お孫さんと生活を……」

竹美はしみじみと言って、小さく息をつく。

「何かあったん？」

吉乃が優しく問うと、竹美はそっと目を伏せた。

「ご存じでしょうが、うちの両親は国際結婚でした。母は両親に勘当されてまで日本にいる父の許《もと》に嫁いだんです。そんな風に障害を乗り越えて結婚した夫婦だったんですが、結局、私が小学校の頃に離婚してしまいました」

一歩離れたところで話を聞いていた小春は、『離婚』と聞いて息を呑《の》んだ。

吉乃は知っていたようで、黙って相槌《あいづち》をうっている。

今朝、東堂周平の話になった時、吉乃が、そやけど、と残念そうに何か言いかけていたのは、このことだったのだろう。

「離婚に至った理由は色々とあるようですが、大きな要因は父の浮気だったと母から聞きました。私はとても憤りました。母は、国を捨てて父の許に嫁いで、日本の――しかも京都という独特な町に馴染《なじ》もうと必死に努力をしてきたんです。それなのに、そんな母を裏切って、父は他の女性と浮気をしたなんて許せないと思いました」

竹美は、ぎゅっ、と拳《こぶし》を握り締める。

その怒りには、小春も共感した。

もし、自分の父が、そんな風に母を裏切ったなら、同じように思うだろう。

「離婚後、母はイギリスには戻らず、神戸に移り住みました。母は元々、両親との折り合いが悪かったようで、イギリスに帰ることは考えていなかったそうです。神戸で、義父と再婚して、今も幸せに暮らしています」

その言葉に、小春は安堵《あんど》して、胸に手を当てる。

つらい思いをした彼女の母が幸せになって良かった。

「小学生という多感な時に父を嫌ってしまった私は、ずっと父を憎んで生きてきました。ですから、両親が離婚した後、私は一度も父に会いに行かなかったんです。私が結婚した時も、出産した時も、父には知らせていません。父が病気になり、入院したという話を聞いても、『あんな人、どうなろうと知らない』と、お見舞いすら行かず、気が付くと、父は亡くなっていました」

竹美はそこまで言って、息をつく。

「父が亡くなり、身内は私だけなので、私は高校生になる息子の静流《しずる》と一緒に遺品の整理をしに行きました。そこで、父の日記を見付けたんです。そこには、私の知らなかった真実が書かれていました」

竹美は俯《うつむ》き、押し黙る。

それまで黙っていた吉乃は、すべてを理解しているかのような表情で口を開いた。

「――東堂さんは、浮気なんてしてへんのやろ」

小春は、えっ、と目を見開いた。

はい……、と竹美は俯いたままうなずく。

「私が母に聞かされていたことと、すべて逆でした。母は京都にいた時、英会話教室を開いていたんですが、そこに生徒として来ていたのが義父でした。義父はサラリーマンで、最初はただの生徒だったんですが、やがて母に恋をし、熱心にアプローチを始めたそうです。父はそのことを知りながら、焦るばかりで何の対処もできなかった、と日記に書かれていました。しばらくして義父は神戸へ転勤することが決まったそうです。それを知って、父はホッとしたと。これで義父と母との仲は終わると思ったようです。ですが、義父の想いは強く、『どうか、竹美ちゃんと一緒に来てほしい』と母にプロポーズをしたそうです」

小春と吉乃は、何も言えずに話を聞いていた。

「母は、父にはっきり告げたそうです。『あなたは、私が他の男にアプローチをされているところを見ても知らんぷりだったわね。もう私に興味がないんでしょう？　私は彼のところに行くわ』と――そう言って私を連れて、京都を出たそうです。それまで私は父親っ子で、私が『お父さんと離れたくない』と駄々をこねるので、このままでは新しい父親との折り合いも悪くなるかもしれないと思い、『お父さんは私たちを裏切ったの。浮気をしていた』と嘘をついたと……。父は私の幸せを望み、母のついた嘘を訂正しなかったそうです」

その時の、竹美の父の気持ちを思うと、小春の胸は痛んだ。

「父の日記を読んで、すぐには信じられませんでした。これまで信じていたことと真逆で、受け入れられなかったんです。でも、あらためて考えると不審なところはいくつもあるんです。母は神戸に行って、割とすぐに義父と再婚してますし……。母に問い詰めたところ、『もう時効でしょう？』と本当のことを教えてくれました。『あの嘘は、あなたのためを思って言ったのよ』とも……」

竹美は苦々しい表情で目を伏せる。

やっぱりなぁ、と吉乃は洩らした。

「東堂さんは、浮気するような人やあらへん。ただ、のんびり、のほほんとしていて、どこか不器用な人やさかい、あんたのお母さんは、放《ほ》ったらかしにされているように感じたのかもしれへんな」

はい……と竹美はうなずく。

「父の日記にも『自分が不器用だったばかりに、彼女につらい思いや、寂しい思いをさせたから仕方がない』と書かれていました。『ただ、竹美にだけは会いたい』と……。

でも、真実を伝えるのは私にとっては酷だろうから、と耐えたようです」

彼女の声がどんどんくぐもっていく。

「――父は、母と義父に約束事をしていました。『もし、竹美につらい想いをさせるようなことがあったら、すべてを竹美に打ち明けて京都に連れ戻す』。そして『誕生日とクリスマスにはプレゼントを贈らせてほしい。自分からと伝えても受け取ってもらえないだろうから親戚《しんせき》からと伝えてほしい』と……。実際、毎年、私の誕生日とクリスマスにプレゼントが届いていました。母の親戚からと聞かされていたんですが、そうではなくて、父からのものだったんです」

竹美はそう言って、息をつく。

少しの沈黙の後、トートバッグからハードカバーの本を取り出した。

「日記の最後は、入院する前日に書いたものでした」

そう言って、ページをめくる。

本に見えたが、立派な装丁の日記帳だったようだ。

最後のページには、こう記されていた。

『明日《あした》から入院する。元気になって、また店頭に戻ってこよう。いつか竹美と静流が店に来てくれるといいな』

だが、彼は永遠に店に戻ることはなかったのだ。

悲しみと共に、シン、とした静けさが襲う。

竹美は、すみません、と目に浮かんだ涙を拭《ぬぐ》い、トートバッグを膝《ひざ》の上に載せて、中から風呂敷《ふろしき》を取り出した。

「今日は、これを視《み》ていただきたかったんです」

風呂敷をほどくと、中から人形が出てきた。

ただの人形ではなく、男の子の姿をした日本人形が机の前に正座をし、筆を手にしているものだ。

「これは、『からくり人形』やね」

と、吉乃は、興味深そうに顔を近付ける。

『からくり人形』は、江戸《えど》時代からある機械的仕組みで動く人形だ。茶を運んだり、弓を弾いたり、書をしたためたりするのを映像で見たことがある。

「本物を見るのは、初めて……」

小春も、へぇ、と洩《も》らして、人形を見た。

「でも、壊れていて動かないんですよ。ですが、『アンティーク堂』の常連さんに訊《き》いたところ、この人形は父が特に気に入って大切にしていたものだったそうで、引き取ってきたんです」

そこまで言って竹美は表情を曇らせる。

吉乃は人形に視線を向けて訊《たず》ねた。

「なんや変なことが起こるて言うてたのは、この人形なんやろか？」

彼女は弱ったように、口を開く。

「……実際に何か起こるわけじゃないんです。ただ、よく夢に出てくるようになりまして」

「どんな夢なん？」

「この子は、『アンティーク堂』の店内にいて涙を流しながら、カタカタと動いて文字をしたためているんです。書いていたのは、漢字一文字で『哀』と――。ハッと飛び起きると、この人形はいつものように窓際で微動だにせずにいるのですが、月明かりの下、涙を流していたんですよ」

その光景を想像して、小春は思わず口に手を当てる。

「でも、ベッドから下りて、人形に近付いて確認すると、涙は消えている。最初は、気のせいかもしれないと思ったんですが、あまりに続くので……」

竹美は、人形に目を落とす。

「きっと、父の悲しみがこの人形に残っている気がしてならないんです。自分一人が悪者になって孤独に死んでいった父は、どれだけ哀しかっただろうと――」

彼女の言葉を聞き、吉乃は、ふむ、と相槌《あいづち》をうつ。

そのまま振り返って、小春を見やった。

「小春、この人形に触れて、読み取ってみてくれへん？」

「は、はい」

突然指名された小春は、驚きながらもうなずき、人形の前に立った。

ポケットに入っている、力を制御させるための御守を取り出して、テーブルの上に置いた。

小春は人や動物と目を合わせ、額に力を込めることで、考えていることが分かる。

だが、『物質に取り憑《つ》いた霊』を視る、という経験は少ない。

これは吉乃が、小春に経験を積ませようとしているのだろう。

そのことを心得ていた小春は、吉乃からの試験を受けるような気分で、緊張を感じながら人形に手を触れた。

目を瞑《つむ》り、額に力を込める。

「………」

思わず、あれ？と口にしそうになった。

人形からは何も伝わってこなかったのだ。

霊はおろか、残留想念すらない。

もちろん、すべての物質に、大なり小なり想念はある。

この人形は、一般的な人形となんら変わりはなかった。

つまり怪異を起こすような力はまったくないのだ。

どういうことなのだろう？

小春は顔をしかめて手を離す。

吉乃の方を向いて、微《かす》かに首を振った。

吉乃はすべてを把握しているかのようにうなずき、自らも人形に手を触れた。

竹美は息を呑《の》むようにして、吉乃を見ている。

「そうやね、あんたのお父さん……東堂さんは、とても哀しんではる」

その言葉に、竹美はもちろん、小春も驚いて目を見開いた。

「やっぱり、父は成仏できていないのでしょうか？　私が死ぬまで誤解をしていて、父を許さなかったから……っ」

身を乗り出す竹美に、吉乃は「ちゃうねん」と首を振る。

「竹美さん……東堂さんが、お母さんがついた嘘を訂正しなかったのは、なんのためや思う？」

そう問われて竹美は、えっ、と眉根《まゆね》を寄せた。

「あんたのためや。東堂さんは、あんたを哀しませたないから、お母さんの嘘を容認したんや。東堂さんは入院前、自分がそのまま死んでしまうなんて、まったく思ってへん。店に戻れるて信じてたんや。そやから、日記帳も処分してへんかった。もし、自分が助からへんて思うてたら、決してあんたには見られないように処分したやろ。そのくらい、あんたに、ほんまのことを知られたなかったはずや。そやのに、あんたは日記を見てしもた」

竹美は大きく目を見開いて、押し黙っている。

「あんたは長い間、間違いを真実だと信じて、父親を拒否してきたやろ？　それはな、決して、あんたのせいなんかやない。全部、親たちのせいなんや。母親だけやあらへんよ、義父も、それを容認した東堂さんにも責任がある。東堂さん自身、そのことは承知のはずや」

そうかもしれない、と小春は眉根を寄せる。

もし竹美の立場になったら、『真実を確かめようとせず、父を死ぬまで許せずにきた』と自分を責めてしまいそうなものだが、彼女は悪くないのだ。

「そやのに竹美さん、あんたは今一人で背負って、大きな罪悪感を抱いて苦しんでるやろ？　父親に申し訳なかった、可哀相なことをしたて」

そう続けた吉乃に、竹美は体を小刻みに震わせながら、そっとうなずく。

「東堂さんは——あんたのお父さんは、あんたがそんな風に苦しむなんて望んでへん。つらい想いをしているあんたを見て、ほんまに申し訳なくて哀しいんや。そのどうしようもない想いをあんたがキャッチしてる。お父さんが護《まも》りたかったのは、あんたの幸せと笑顔なんやから……」

竹美の大きく見開かれた目から、涙が零《こぼ》れ落ちた。

うっ、という嗚咽《おえつ》と共に、大粒の涙が、止めどなく溢《あふ》れ出る。

その涙を見て、彼女がこれまで罪悪感に駆られて、ちゃんと泣いていなかったのが伝わってきた。

『自分が泣くなんておかしい。辛《つら》かったのは、お父さんの方なのに――』

彼女はそんな風に思い、涙も流せずにいたようだ。

ややあって竹美は、ごめんなさい、とつぶやき、バッグからハンカチを取り出して涙を拭《ぬぐ》った。

「……でも、本当にそうでしょうか？」

ほんまやで、と吉乃は、柔らかく目を細める。

「あんたも母親やろ。よう考えてみ。もし自分ら親たちの都合でついた嘘で、可愛い息子が苦しんでしもたらどないに思う？『あんたはなんにも悪うない。ちゃんとしてへん、うちらが悪かったんや』って謝りたい気持ちになるやろ」

はい……、と竹美は震えたまま、ゆっくりと首を縦に振る。

「私は……どうしたらいいでしょうか？」

　そやなぁ、と吉乃は頬に手を当てる。

「とりあえず、怒ったらええ」

「怒る？」

「そうや。『お父さんのアホ、なんでほんまのこと言わへんの？　知ってたら会いたかったのに！』って。部屋に一人でいる時、大声で怒るんやで」

　竹美は、えっ、とまるで鳩が豆鉄砲を食ったような顔で吉乃を見る。

「それでいいんですか？」

「ええよ。どうしても謝りたいんやったら、そのついでに謝ったらよろしい。その後は、それで仕舞いや。この人形を形見に大切にしたら、それでええ」

　吉乃は人形の頭を撫《な》でて、そう言う。

「……はい」

「最後に、この子を浄化するさかい、それでもう大丈夫や」

　吉乃はお香の用意をしてから、人形を前に手を合わせ、目を瞑って『大祓祝詞《おおはらえのりと》』を口にする。

　この人形には、何も憑いていないのだから、本来ならば祝詞を唱える必要はない。

　だが、これは霊を祓《はら》うのではなく、彼女の心にあるわだかまりを払うのに必要なのだろう。

お香の煙がゆらゆらと立ち上る中、吉乃の優しい祝詞が店内に響く。

竹美は手を合わせ、目を瞑ったまま涙を零していた。

その時、小春は背後に気配を感じて振り返る。

そこには、美しい青年の姿があった。

その姿は、小春にも見覚えがある。

オルゴールのシリンダーに残されていた吉乃の想念を読み取った時に視た男子学生、東堂周平の姿だ。

人は亡き後、若い頃の姿になり替わる時がある。

今彼が、学生の頃の姿で現れたのは、吉乃を前にしているせいかもしれない。

彼はとても嬉《うれ》しそうに、こちらを見ていた。

それはきっと、目を瞑ったまま祝詞を唱えている吉乃も気付いているはずだ。

小春が額に力を込めると、彼の想いが伝わってきた。

——吉乃さん、ありがとう。

そして、あの時は、ちゃんと向き合わずに逃げてしまって、ごめん。

僕は弱虫だったんだ。

その後の人生も、僕は大切な場面で逃げてばかりいて、晩年は後悔ばかりだった。

後悔は嫌なものだね。

竹美には、そんな想いをしてほしくない。

吉乃さん、僕が言いたかった言葉を伝えてくれて、ありがとう。

竹美、どうか、幸せに――。


吉乃の祝詞が終わると同時に、彼も姿を消した。

どうやら、彼はずっと側にいたわけではなく、吉乃の祝詞によって引き寄せられ、そして浄化したようだ。


「――ありがとうございました」

竹美は『からくり人形』が入ったトートバッグを大事そうに持ち、とてもすっきりとした笑顔で、頭を下げた。

「元気になったみたいで良かったわ」

「はい。今とても晴れやかな気分です」

「そやけど、帰ったらちゃんと、お父さんに言いたいことを、ビシッと言うんやで」

拳《こぶし》を握り締めて言う吉乃に、竹美は「必ずします」と小さく笑ってうなずく。

「あの、これを」

謝礼の封筒を渡そうとする彼女に、吉乃は苦笑した。

「今日は大したことしてへんし、お気遣い無用やで」

今回は、祝詞を唱えはしたが、人形に霊が憑いてはおらず、いわゆる『除霊』をしたわけではない。

こういう場合、吉乃は断っているようだ。

だが、竹美はムキになったように言う。

「いえ、それはいけません！」

彼女の勢いに吉乃と小春は、思わず顔を見合わせた。

「おおきに。そやけど、今回はほんまに、たいしたことをしてへんし」

吉乃が遠慮がちに続けると、だとしてもです、と竹美は首を横に振る。

「お寺さんにもお経を唱えていただいたらお布施を渡すものです。何より吉乃さんは、私の心を晴らしてくれたのですから、カウンセリングとしても素晴らしかったと思います」

竹美は、それまでの雰囲気とは一変して、強い口調で言う。

「そういうわけで、これは受け取ってください」

竹美は、吉乃の手に封筒を押し付けるようにして渡し、

「本当にありがとうございました」

にこやかにそう言って、『さくら庵』を後にした。

「……本当に憑《つ》き物が落ちたみたいだね」

「ほんまや」

小春と吉乃は顔を合わせて、微笑み合う。

「さっ、夕食にしよか」

吉乃はレジを締めながら言う。

「うん、手伝うね」

「おおきに。そやけど、なんにしよ。かしわはあるんやけど」

その言葉を聞いて、小春は口元を綻《ほころ》ばせる。

「こっちの人って、鶏肉《とりにく》のことを『かしわ』って言うよね」

「東京では言わへんの？」

「うん、普通に鶏肉って言う」

へぇ、と吉乃は洩《も》らす。

「そうだ、お祖母《ばあ》ちゃん、照り焼きにしようか。実家で毎日料理してたから、少し上達したんだよ」

「そら、楽しみや」

二人は一階の電気を消して、そのまま二階へと上がった。

三

「――ねえ、お祖母ちゃんは、最初から気持ちの問題だって気付いてたんだよね？」

ちゃぶ台には、夕食が並んでいる。

鶏の照り焼きに厚焼き玉子、冷ややっこに大根とレタスのサラダ、みそ汁に香の物。

小春は茶碗《ちゃわん》を手にしたまま、吉乃に視線を送った。

最初は、人形に霊が取り憑いていて、それを除霊することになると思ったのだが、そうではなかった。

人形には、何も憑いていなかったのだ。

「そうやね」

吉乃はさらりと答えて、香の物を口に運ぶ。

「あんたかて、人形から嫌なものは感じひんかったやろ」

「……たしかにそうだけど、『父親の想い』だとしたら、『嫌なもの』ではないだろうと思ったし」

　そやなぁ、と吉乃は手を止める。

「前に宗次朗も言うてたけど、世の中、こういうケースの方が多いんや。霊障やのうて、『生きている人の心が起こさせること』やな」

うん、と小春は相槌《あいづち》をうつ。

「竹美さんは、罪悪感でいっぱいになって、それで夢にまで見てたんや。可哀相に」

彼女が見た夢も、人形が泣いているように見えたのも、彼女の心——罪悪感が引き起こしたもの。

それだけ彼女は自分を責めて、苦しんでいたのだ。

吉乃はそのすべてを察して、受け入れたうえで、彼女の心を癒《い》やした。

以前、吉乃が話していた陰陽師《おんみょうじ》の仕事についての言葉が思い出される。

『国を災厄から護《まも》り、繁栄をもたらすため。言うてしまえば、「人を幸せにするお手伝い」をするためや。星の相を視て、人の相を視て、方位も視て、易も使い、ほんで、除霊も祈《き》禱《とう》もする。見えないもの、見えるもの、そのすべてをひっくるめて視て、人の幸せを願うんや。それが「拝み屋」であり、陰陽師の仕事なんやで』

——人を幸せにするお手伝いをする。

小春が『祖母のような拝み屋さんになりたい』と思った発端は、この言葉だったのかもしれない。

そして今日の仕事ぶりを見て、その想いは強くなったように感じた。

「祝詞《のりと》って、除霊のためじゃなく、生きている人のために上げる場合もあるんだね」

小春がしみじみと言うと、吉乃は小さく笑った。

「まぁ、葬式も法事も仏壇もお墓も、大概、生きている人のためにあるもんや」

「そんなものなんだね」

そうやで、と吉乃はうなずく。

「葬式ていう面倒な儀式のおかげで、遺族は悲しみに浸ってられへんし、初七日、四十九日、百日とあれこれ準備も大変やねん。遺族は亡くならはった人のために一生懸命やっているうちに、気が付くと時が癒やしてくれてるんや」

なるほど、と小春は納得する。

「ほんで、なんやかんや言うても、生きてる人が一番怖いていうのも確かやね」

その言葉はピンとこなくて、小春は曖昧《あいまい》にうなずく。

東京の騒動で、大きな人外の力と対峙《たいじ》してきた小春にとって、『人はなんてちっぽけなのだろう』という思いがあった。

「そうや、小春」

どこかかしこまって切り出した吉乃に、「うん？」と小春は顔を上げる。

「あんたも、後悔はあかんよ」

「えっ？」

「今回、東京から京都に戻る時、小春はまた、両親に別れを言わなあかんようになって、申し訳ないて思たやろ」

「……うん」

「小春が私のことを気にしてくれるのは、ありがたいんやで。そやけど、親から離れて暮らすことが、後悔につながるんやったら、それはあかん。私に遠慮はいらへんで。私は、なんやかんや周りに人がいて、恵まれてるし大丈夫や。もちろん、寂しくないて言うたら嘘になるけど、それよりも、小春が思うように生きてほしいんや」

吉乃は優しく強い口調で言う。

小春は小さく笑って、首を振った。

「私は自分の意志で、ここにいたいの」

「小春……」

「正直ね、両親のことは気になっていた。一人娘の私が、こんなに早く巣立つことになって申し訳なくも思ってたし……」

でもね、と小春は口元に手を当てる。

「お父さんもお母さんも、私がいなくても大丈夫みたい」

「そんなわけないやろ、なんでそないに思うんや？」

吉乃は思わず、という様子で前のめりになる。

「まったく大丈夫とは思わないけど、けどね、きっと大丈夫。本当はまだ早いから誰にも言うなって言われてたんだけど、実はね……私に弟か妹が生まれるんだって」

小春は零《こぼ》れる笑みをこらえながらそう言うと、吉乃はぱちりと目を見開いた。

「えっ、なんや、その、二人目が？」

「そう。お父さんもお母さんも、ずっと『二人目が欲しい』と思いつつ授からなくて、もう諦《あきら》めていたみたいなんだけど、私がいなくなったことで、二人でデートする機会とかも増えて、ちょっとラブラブになったみたいで、それで、その、そういうことになったみたいで……」

話しながら小春の頬が熱くなる。

「ほんまか、そら、めでたいわ」

吉乃は顔をくしゃくしゃにして喜んでいた。

このことは、澪人にも伝えてしまっていた。

『そら、何よりやね。僕も小春ちゃんの弟か妹に、はよ会いたいし』

と、嬉《うれ》しそうに言っていた。

小春の母は、『まだ早いから』と心配していたが、こうして強い力を持つ人たちに、祝福されているのだ。

きっと、元気に生まれてきてくれるだろう。

四

夕食後、小春は吉乃の後に入浴し、自室に戻った。

机について、くるりと椅子を回して部屋を見回す。

昨夜、この部屋に戻った時に、『お帰りなさい』と迎え入れられた気がした。

ここに来ると、とてもホッとする。

今の自分は、すっかりこの家の住人なのだろう。

小春は、ふふっ、と笑って、引き出しから勉強道具を取り出した。

机の上には、竹筒がある。

これは宗次朗の和菓子『かぐや』に使われていた容器で、食べ終えた後も捨てるのがもったいないと洗って、ペン立てとして使用していた。

小春はそこからシャープペンシルを手に取り、ノートを開く。

「さぁ、気を取り直してがんばろう」

東京でも勉強はしていたが、色々あったせいで捗《はかど》っていなかったのだ。

しばし集中し、雨音に気付いて小春は顔を上げる。

時間を見ると、もう深夜零時になるところだった。

さーっ、と降り出した雨は、みるみる強くなっていく。

今にも雷が鳴りそうだ。

ぶるっ、と小春の体が震えた。

雷は、大昔——前世から苦手なのだ。

そろそろ、寝るとしようか。

ノートを閉じた時、雷鳴が轟《とどろ》き、小春は「ひゃっ」と声を上げた。

瞬く間に、横殴りの雨に変わっている。

その時、ぴこん、とスマホが鳴った。すぐに確認すると、澪人からだ。

『小春ちゃん、大丈夫やろか』

その一文を見るなり、小春の胸がじんわりと熱くなる。恐怖が薄れるほど、嬉しさがこみあげてきた。

彼は前世の頃から、雷が鳴ると心配してくれたのだ。

雷鳴が轟く中、馬で駆けつけて側にいてくれた。

そんな彼に対して、当時の自分は礼すら満足に伝えていない。

『ありがとうございます。大丈夫です』

心を込めて、返事を送る。

あの頃には、こんな簡単で、とても大切な言葉を伝えられずにいた。

『今、電話してもよろしい？』

そんなメッセージが届く。

きっと、強がっていると思ったのだろう。

小春は微笑みながら、『はい』とメッセージをうった。

すると、すぐに電話が鳴った。

「は、はい」

小春はスマホを手に、ぎこちなく答える。

『こんばんは、遅くにかんにん』

澪人とはもう何度も電話で話しているのに、こうして通話を始める時はいつも緊張し、耳に届く声に鼓動が早くなる。

「大丈夫です。澪人さん、起きていたんですね」

『そやね。実は今、西の本部にいてて』

西の本部は、京都御所《ごしょ》の東側にある。

「こんな時間まで仕事だったんですか？」

『しばらく、京を離れてたさかい、色々あって』

「大変ですね」

『ついついやね。もう帰ろて思てたんやけど、この雨や。見たら雷も鳴り始めたし』

「それで、心配してくださったんですよね。ありがとうございます」

小春は頬を緩ませる。

『いや、それだけやあらへんのやけど……』

「えっ？」

『できれば、小春ちゃんの声を聞きたいて思うてたんや。そやけど、こんな時間やして躊躇《ためら》ってたら、雷が鳴って……』

瞬時に小春の頬が熱くなる。

「私も、声聞きたかったです……」

消え入りそうな声で告げると、

『ほんま？』

少し意地悪な彼の声が届いた。

「ほ、本当ですよ」

おおきに、と笑う彼に、小春は火照る頬を摩《さす》る。

気恥ずかしい雰囲気になり、二人は沈黙した。

澪人は気を取り直すように、ええと、と洩《も》らす。

『小春ちゃんは、今日はのんびりできたんやろか』

小春は相手に見えないのを承知で首を振る。

「私も今日から、お店の手伝いをしました。なんだかジッとしてられなくて」

『久々の店は、どうやった？』

「なかなか勘を取り戻せないし、やっぱり疲れたんですけど、楽しかったです。そうそう、今日、お祖母《ばあ》ちゃんに『拝み屋さん』の仕事が入ったんですが、その仕事ぶりに感動もして」

『吉乃さんに来た仕事って？』

興味を示した澪人に、小春は、はい、とうなずいて、話を始めた。

吉乃と共に『からくりオルゴール』を作った東堂周平の娘、水城竹美が『からくり人形』を持って訪れたこと。霊障があると思われたが、実際は何も憑《つ》いていなかったことや、吉乃の対応について伝えた。

話を聞き終えた澪人は、熱い息をつく。

『……そうなんや。さすが、吉乃さんやな』

小春も同じ気持ちだったが、澪人にもそう言ってもらえるのは、嬉しかった。

『実は、僕らにもそういう「霊障やなかった」て案件はよう来るんや』

「やっぱり、多いんですね」

『そうやね。そういう場合、「何も憑いてへんよ」て、そのまま帰してしまう陰陽師《おんみょうじ》も多い。そやけど、依頼人は納得いかへんで、他の霊能者にお願いして、高額な支払いを強いられるケースも多くて』

「ありえる話ですね……」

　今日の件も、もし吉乃が、『この人形に問題ありませんよ』と帰してしまっていたら、彼女は納得がいかず、他のところに相談に行ってしまった可能性もあっただろう。

『やっぱり、吉乃さんはすごいお人や』

　褒められると嬉しいが、手放しで絶賛されると、むず痒《がゆ》くもなる。

『僕もあらためて吉乃さんに学びたいことがいっぱいあるし、側で修行ができる小春ちゃんが羨《うらや》ましい気ぃする』

「そんな、何を言うんですか」

『ほんまやで』

　と、二人で笑い合う。

「そうそう、お祖母ちゃんに、私に弟か妹ができるって話を伝えたんですよ」

『吉乃さん、驚いたやろ』

「はい、そして、すごく喜んでました」

『そら、そやろ』

「私も両親から聞かされた時は、驚きすぎて呆然《ぼうぜん》としちゃったんですが、今はとても嬉《うれ》しいというか、本当のことを言うとホッとしました」

それについて、澪人は何も言わない。

おそらく優しい眼差《まなざ》しで、うなずいているのだろう。

小春は、ふと机の上の竹筒を見た。

「……澪人さん、『かぐや姫』のラストってどう思います？」

『かぐや姫？て、竹取物語やな』

唐突な小春の質問に、澪人は戸惑った声を出す。

「はい。急にごめんなさい。宗次朗さんの和菓子の竹の容器を再利用してペン立てにしてまして、それを見ていて、ふと、かぐや姫のことを……」

澪人は納得がいったようだ。

『ラストは、月に帰るんやろ？』

「はい。育ててくれたおじいさんとおばあさんに、『ごめんなさい』って謝って、かぐや姫は月に帰りますよね。その時、かぐや姫はどう思っていたのかなって……」

澪人は少し黙り込んだ後、口を開く。

『そら、寂しかったはずや……』

そうですね、と小春はうなずく。

「私も、ずっとかぐや姫は、寂しくて泣きながら月に帰ったと思っていました。でも、今は少し違っていて……。もちろん、かぐや姫は、寂しかったと思うんですけど、月には帰りたかったと思うんです。だから、申し訳なかったのだろうなって」

おじいさんとおばあさんに感謝をしていて、地球に想い出はたくさんあるけれど、今後の自分が生きる場所ではなかったのだろう。

後ろ髪をひかれながらも、月に戻りたかった。

そんな風に思ったのは、自分がそうだからだ。

両親に申し訳なく思いながら、京都に戻りたかった。

だから、二人が子どもを授かったと聞いて、戸惑いはしたけれど、安堵《あんど》している。

小春の話を聞き、澪人は、そうかもしれへんね、と穏やかな口調で言う。

『ほんで……』

話を続けようとする澪人に、小春は、はい、と相槌をうつ。

『きっと地球には、姫の心をつかめた男がいいひんかったんやろ』

その言葉に、小春は思わず笑う。

「そうかもしれませんね」

かぐや姫が求婚してきた男たちに、あんな無理難題を押し付けたのは、自分が月に帰るのを分かっていただけではなく、もし心をつかんでくれる人が現れてくれたら、ここに留《とど》まれるかもしれないのに、という想いもあったのかもしれない。

そして、小春は以前、こうも思っていた。おじいさんとおばあさんは、かぐや姫がいなくなって、嘆き悲しみ続けたに違いないと……。

けれど、その考えも変わった。

寂しいけれど、子どもに後悔をしてほしくない。

きっと吉乃や東堂周平と同じように、思っていたのではないかと。

もちろん、かぐや姫の本心や、おじいさんとおばあさんの心は誰にも分からない。

だけれど、今回のことを経て、自分は新たな視点を授かることができたのだ。

そんな話をしている時だ。

トントン、とドアをノックする音がした。

雨音のせいかと思ったが、

「小春、ちょっとええ？」

吉乃だった。

「お祖母ちゃん？　澪人さん、ちょっと待ってくださいね」

小春は机の上にスマホを置き、腰を上げ、

「お祖母ちゃん、どうしたの？」

と、ドアを開ける。

　吉乃は、弱ったように小声で言った。

「なんや、一階に気配を感じて……」

「気配って、霊の？」

「ちゃうねん。人の気配がするんや。もしかしたら、泥棒かもしれへん」

「えっ、泥棒？」

「一階の戸締りし忘れたかもしれへんのや……」

「そういえば、私も確認してない」

「ほんでこれを用意したんやけど」

　吉乃の手には、竹刀《しない》が二本あった。

「……竹刀」

　と、小春は竹刀を受け取る。

『吉乃さん、小春ちゃん、危ないからあかん！』

『泥棒』という言葉が聞こえた澪人は、しきりに声を上げていたが、その声は小春と吉乃の耳には届かず、二人はそろそろと一階へと向かう。

　普段なら電気をつけるのだが、泥棒に気付かれぬように、音を立てずに暗い階段を下りた。

　雨のおかげで、多少の音はかき消されている。

二人は竹刀を振りかざして、泥棒に奇襲をかけるつもりでいた。

一階の店舗では、黒い人影が一人、ごそごそとレジを動かしている。

レジのお金はいつも店を閉める前に二階の金庫に移しているため、そこにはないのだが、しっかりと鍵《かぎ》を掛けていた。

その人影はレジを開けようと、作業をしているようだ。

「……っ」

竹刀を手に、気付かれぬように下りてきたというのに、いざ実際の泥棒を前にすると、二人の足はすくんで動かなかった。

電気をつけて大きな声を上げるべきだろうか？

シルエットからすると男性だ。

相手に逆上されたら、自分たちはひとたまりもないだろう。

警察に電話をするべきかもしれない。

小春と吉乃は目で合図をして、二階に戻ろうとする。

その時、ギシッと床がきしむ音が響いた。

シルエットがぴたりと止まる。

「なんだよ、誰かいるのか？」

雨音が響く店内に、ぴりぴりと殺気立った声が響く。

ばくばくと心臓が音を立てる。
その時だ。
真っ暗い空間に、ぼんやりと小さな提灯《ちょうちん》のような灯《あか》りが浮かび上がった。
それは、鬼火——火の玉だった。
「な、なんだ？」
揺らめく火の玉を見て、泥棒は、動揺した様子で声を上ずらせている。
次の瞬間、

ゆ　る　さ　ぬ

地を這《は》うような低い声が響き、男がすくみ上がったのが分かった。
雷鳴が轟《とどろ》き、閃光《せんこう》が店内を突き抜ける。
大きな龍《りゅう》の顔が浮かび上がった。
うぎゃあああ、と声を上げて泥棒は店を飛び出す。
小春と吉乃も最初は何が起こっているのか、と目をぱちくりさせたが、すぐに察した。
今ここに、とても大きな力を感じる。

こんなエネルギーを持つ者は、彼——若宮しかいない。

だが、侵入者に抱いた恐怖が、すぐに拭《ぬぐ》えたわけではない。

泥棒が逃げ去ったことで、小春と吉乃は安堵から腰が抜けて、へなへなとその場に座り込んだ。

小春は四つん這《ば》いになってリモコンを手に取り、店の照明をつける。

明るくなった店内。水干姿の少年の姿が目に入った。

「若宮くん！」

小春は身体を引きずるように膝《ひざ》で歩き、若宮を抱き締めた。

『小春さん、間にあって良かったです』

「怖かった。助けてくれて、ありがとう」

若宮は、ふふっと笑う。

『お礼なら、どうか澪人さんに』

えっ、と小春は、若宮の顔を覗《のぞ》く。

『僕は、池の底で気持ちよく眠っていたんですが、彼に叩《たた》き起こされたんです』

若宮はそう言って、愉《たの》しげに目を細める。

「澪人ちゃんは、なんで、うちに泥棒が入ったのを知ったんやろ？」

ぽかんとする吉乃に、小春は「あっ」と口に手を当てた。

「そうだ、澪人さんと通話したままだったんだ」

どうやら、澪人は警察にも電話をしてくれていたようだ。

その後、すぐに、

「櫻井さん、大丈夫ですか？」

「通報があったので来ました」

と、警官たちが駆け付けた。

『これで本当に大丈夫ですね』

若宮は、にこりと笑うと、パッと姿を消してしまった。

「あっ、若宮くん！」

小春は、もう少し話したかったな、と少し残念に思い、口を尖《とが》らせる。

「櫻井さん、入りますよ!?」

緊迫しているその声に、

「はいっ、すみません」

小春は腰を上げて、警官たちを迎え入れる。

その後、警官たちと、店内を確認した。

吉乃がすぐに侵入に気付いたのが功を奏したようで、何も盗まれていなかった。

二人は警官に『泥棒は自分たちの姿に気付いて逃げたようだ』ということにして、

事情を説明した。

「最近、この界隈《かいわい》が狙われているようなんですよ。盗まれたものがなかったのは、幸いでしたね。どうかお気を付けください」

ひとしきりの作業や手続きをした後、今夜はこの辺りをパトロールしますので何かあったらお知らせください、と警官は帰っていった。

気がつくと、雨は上がっていた。

やれやれ、と息をついていると、警官とほぼ入れ替わりに、澪人が店に飛び込んで来た。

「小春っ！」

彼はずぶ濡《ぬ》れで、血相を変えて、息を切らしている。

「澪人さん！」

澪人は、小春の姿を確認するなり、勢いよく抱き締めた。

「っ！」

水しぶきが顔に当たる。

今までになく強く抱き締められ、小春はときめきと圧迫感に、呼吸ができなくなる気がした。

「無事で良かった、ほんまに」

澪人は小春を抱き締めたまま、切なくそう洩《も》らす。

「あの、澪人さん」

嬉《うれ》しかったが、すぐ側で吉乃が見ているのだ。

戸惑った声を出す小春に、澪人は慌てたように腕をほどく。

「か、かんにん。あんまりホッとして、つい。こないにずぶ濡れやのに」

「いえ、そんな」

小春は真っ赤になって俯《うつむ》き、吉乃は、「ええんやで」と微笑ましそうに口に手を当てている。

「吉乃さんもご無事で……」

澪人は、二人が無事な姿を見て、安堵《あんど》したように胸に手を当てた。

心から案じてくれていたのだろう。

「ほんまに、良かった。今日に限ってスクーターやあらへんし、タクシーも捕まらへんし、走って来るしかなかったんや」

澪人は、呼吸を整えるように大きく息をつく。

「えっ、西の本部から走ってきたんですか？」

「そやねん。走りながら、もどかしゅうて」

そう言いながらも、警察に通報し、若宮を呼び起こし――と、できることをすべてやった彼に感服する。

「若宮くんが追い返してくれたから、店も大丈夫だったんです。澪人さんが頼んでくれたんですよね？　本当にありがとうございました」

そら、良かった、と澪人は目を細める。

「あの方、眠りにつこうとしたはったみたいで、なかなか反応してくれへんで……」

「本当に寝てたんだ。なんだか、若宮くんに悪いことしちゃった」

と、小春は独り言のようにつぶやいた。

若宮も東京で力を使い、休養を必要としていたのかもしれない。

「それは、気にせんでええやろ。あの方は、これまでたっぷり寝てはるし」

さらりと遠慮なく言う澪人に、小春は思わず笑った。

「澪人ちゃん、色々とおおきに。ほんま、長いこと商売してるけど、こんなん初めてでびっくりしたわ」

吉乃は大きく息をついて心から言う。

「すごく怖かったね」

「やっぱり、生きてる人間が一番怖いやろ？」

「う、うん……本当に」

澪人は気を取り直すように表情を正して、吉乃の方を向いた。

「すみません、吉乃さん。お願いがあるんです」

「なんえ？」

「この家に男手がないのは、やっぱり不安で心配です。若宮様かて、天に還《かえ》ってはる時は、助けてくれへんはずやし……。そやから、宗次朗さんが戻って来るまでの間、ここでまた下宿させてもらえませんやろか？」

澪人は真剣な眼差《まなざ》しで告げる。

その申し出に、小春と吉乃は、驚いて目を丸くした。

それは、祇園の櫻井家で新たな日常がスタートした、きっかけの出来事だった。

第二章　京の鯖寿司と白狐の依頼。

一

泥棒騒動から一夜が明けた。

小春は自分の部屋のベッドに横たわり、ぼんやりと天井を眺めていた。

壁掛け時計の針は、もうすぐ五時を指す。

「……もう、朝」

ほとんど眠れなかった、と小春は小さく息をつく。

眠れなかったのは、泥棒が侵入した恐怖を引きずっていたからではない。

今日から澪人と一つ屋根の下、一緒に生活ができるのかと思うと、嬉しさと緊張に眠れなかったのだ。

戻って来てくれた、と思うと自然と頬が緩む。

一時期、澪人はこの家に下宿していた。

きっかけは、去年の秋。

小春は、『祖母のような拝み屋さんになりたい』と思うようになり、その心境を知った澪人が、自分が指南役を務めたい、と申し出たのだ。

生活を共にしながら、自分の知っていることを小春に伝えたい、と澪人は、吉乃に頼み、この家に下宿をしていた。

その頃には、小春はすでに澪人に恋をしていた。

想いを寄せている男性と共に生活をするというのは、心臓が持たないのではないかと思うほど、ときめきの連続だった。

だが、そんな同居生活も、半年も経たずに終わりを告げる。

バレンタインの夜に小春は澪人に恋心を告白し、彼がそれを断ったためだ。

申し訳なさそうに、『そやけど、かんにん』と謝る澪人の姿を思い返すと、今もちくりと胸が痛む。

あの頃の澪人は、前世から引きずるしがらみがあり、小春の気持ちを受け取ることができなかったのだ。

澪人は夜明けを待たずに、この家を出て行ってしまった。

あれから、そう長い時間が経ったわけではないが、季節を経て、様々なことがあり、澪人と小春はようやく想いを結んだ。

そうして、澪人がこの家に帰ってくる。

「信じられない……」

小春は火照る頬を枕に押し付ける。

以前と今では、事情が違う。

自分たちは、恋仲になったのだ。

つまり『カレと一緒に暮らす』ということだ。

寝起きの澪人、ただいまと帰ってくる澪人、おやすみと囁《ささや》いてくれる澪人――。

そんな甘美な想いに駆られて、小春は眠れなかった。

「だって常に『おうちデート』ってことだよね？」

小春はぼそぼそとつぶやいて、ベッドの上を転がる。

再び強く心臓が音を立てる。

きっと、昨夜、強く抱き締められているせいもあるのだろう。

雨の中、駆けてきた澪人は、ずぶ濡《ぬ》れだった。

彼の髪からしたたり落ちる雨粒や、ほんの少し震えている手、冷えた肌の感触が、今も小春の体に残っていて、さらに鼓動が強くなる。

見た目からは想像できない、がっちりとした肩や強い腕なのだ。

「駄目だ。少しでも寝よう」

タオルケットを鼻先まで引き上げた時、襖《ふすま》を開ける音が廊下から聞こえてきた。

小春は動きを止めて、上体を起こす。

おそらく澪人だろう。

なるべく物音を立てないように、廊下を歩き、階段を下りているのが分かった。

小春は素早く服に着替え、自分も部屋を出て、静かに階段を下りる。

澪人はやはり一階の『さくら庵』にいた。

宗次朗の作務衣《さむえ》を身に纏《まと》い、引き戸に手をかけ、今にも外に出ようとしているところだった。

「おはようございます」

小春は、澪人の背中に声をかける。

澪人は足を止めて振り返った。

「おはよう、小春ちゃん」

朝日が差し込む店内で、その笑顔はいつも以上に眩《まぶ》しく感じられた。

「昨夜は眠れたやろか」

いいえ、と小春はぎこちなく首を振った。

すると澪人は、心配そうに眉《まゆ》を下げる。

「そら、そやろな。怖かったやろ」

「…………」

眠れなかった原因は、泥棒ではなく、あなたです。

そんなことを澪人に言えるはずもなく、小春は曖昧《あいまい》な笑みを返す。

「眠れてへんのやったら、疲れてるやろ」

「えっと、大丈夫です」

不思議とまったく疲れを感じていない。

おそらく、恐ろしいほどにアドレナリンが出ているのだろう。

今も、ドキドキと心臓が早鐘を打っているくらいだ。

「ところで、澪人さんは、今何を？」

澪人は、そや、と鍵《かぎ》を開錠し、

「確かめたいことがあったんや」

がらり、と店の戸を引いて、外に出た。

小春も彼の後に続く。

早朝の祇園は静寂に包まれている。

吹き抜ける風は、秋の匂いを孕《はら》んでいた。

昨夜の豪雨が夏を洗い流し、一晩で季節が変わってしまったようだ。

小春は心地よさに目を細めながら、風になびく髪を耳に掛けた。

「まだ八月が終わっていないのに、もう、秋の風ですね」

「ほんまやね。夏は苦手やさかい、はよ、秋になってくれるのは嬉《うれ》しい」

澪人は、ふふっと笑って、外壁に目を向ける。

「ああ、やっぱりや……」

「どうかしましたか？」

「これやねん」

と、澪人は入り口横を指差した。

壁には、白い紙に黒の筆字で『家内安全』と書かれた札が貼られているのだが――、

「吉乃さんの書いた『家内安全』のお札、剝《は》がれてるやろ？」

「本当ですね」

澪人が言うように、半分剝がれた状態になっていた。

その上、破れてもいるようだ。

お札は剝《む》き出しではなくビニールに包まれていたが、横殴りの雨の影響で、水が入り、ふやけてしまっている。

「この櫻井家に泥棒が入るなんて、どういうことや、て不思議に思うてたんやけど、これなら納得や。こら、あかん」

澪人は独り言のように洩《も》らして、丁寧にお札をはがす。

「結界が破れてしまった状態だったわけですね」

小春も納得し、隣で澪人が、そやね、と頷《うなず》く。

これまで、この店に泥棒を含めた様々な被害がなかったのは、吉乃のお札の効力が強かったのだろう。

昨夜は、それが剝がれていたので、いわゆる『普通の店』になっていたのだ。

以前の自分なら、

『でも、そんな効力のあるお札を作れるお祖母《ばあ》ちゃん自身が家にいるわけですから、お札がなくても大丈夫じゃないんですか？』

などと聞いてしまいそうなものだが、今はそうではないことが分かっている。

吉乃は強い霊感を持っていて、効力のあるお札や御守を作ることができる。

だが、吉乃自身が、お札や御守のように強い厄除《よ》けになるわけではない。

人が大きな力を使う時は、天の力を降ろす媒体となる。

吉乃がお札や御守を作成する際、自身の霊力をそこに込めているわけではなく、神々の大いなる力を受け取って、お札や御守に込めるのだ。

陰陽師《おんみょうじ》や拝み屋の能力は、それぞれに違っている。得手不得手もあり、吉乃は昔から、お札や御守を作ることに長《た》けていると言われているそうだ。

おそらく、他の陰陽師よりもお札や御守に天のエネルギーを込めるのが抜きんでて得意なのだろう。

「吉乃さんに新しいものを書いてもらわな」

「そうですね」

小春は、これでもう安心、と言いかけて、口を閉ざした。

吉乃に新たなお札を書いてもらったなら、この家は再び結界が張られた状態になる。

昨夜のようなこと——暴風雨でお札が剥がれるといったアクシデントに見舞われない限りは、もう泥棒が入ってくることはなくなる。

つまり、と小春は眉根《まゆね》を寄せた。

澪人にここに住んでもらう理由がなくなってしまうということだ。

「…………」

すっかり澪人との生活を楽しみにしていた小春は、残念な気持ちになって、思わず肩を落とす。

すると頭上から、ふふっと澪人の笑い声が届いた。

小春が顔を上げると、澪人は優しい瞳《ひとみ》で見下ろしている。

視線が合い、小春の胸が高鳴った。

「小春ちゃん、心配してるんやろ」

えっ？　と小春は訊《き》き返す。

「お札を貼りなおしたら、泥棒が入ってくることはなくなるやろし、僕が同居を取りやめてしまうんやないかて」

「っ！」

心の中を見透かされていた。

小春はばつの悪さを感じながら、はい、と頷く。

「大丈夫や。小春ちゃんが怖い思いをしたのを知ってるし、いくらお札が強力でも、女性だけで物騒なのは変わらへんから、宗次朗さんが帰ってくるまでここにいよて思うてる。そやから、そない不安にならんでええよ」

ほんまに怖かったんやね、と澪人は労《いた》わるように目を細めた。

「…………」

小春は何も言えなくなって、目を伏せる。

澪人はどうやら、勘違いをしている。

小春は昨夜の恐怖を引きずっていて、その不安から澪人に同居してもらいたいと思っていると……。

そうではなく、単に澪人と一緒に暮らせると喜び勇み、それがなくなってしまうと思い、落胆していただけだ。

こうなると本心を知られるのが恥ずかしくなる。

しかも自分だけが一喜一憂しているなんて、少し悔しい。

澪人の方はどうなのだろう？

小春は、ちらりと澪人を見る。

その横顔は涼やかで、動揺している様子はない。

視線に気付いた澪人は、再び小春の方を見て、にこり、と微笑んだ。

「っ！」

出会った頃の衝撃を思い出し、小春は胸に手を当てる。

見目麗しさは相変わらずなのだが、心なしか色気が増しているように感じる。

こんな彼と同居なんて、自分の心臓は耐えられるのだろうか？

小春があたふたしていると、澪人はぱちりと目を瞬かせて、顔を覗《のぞ》いた。

「小春ちゃん、どないしたん？」

「いえ、なんでもないです」

「ほんなら良かった」

そんな話をしていると、二階の廊下を歩く音が、聞こえてきた。

「ああ、吉乃さんも起きはったみたいやし、新たなお札書いてもらわな」

澪人は破れたお札を手に、店内に入る。

そうですね、と小春も澪人の後に続いて、店の中へと戻った。

「ほんで、大事な話もせな」

「大事な話って？」

「またここに下宿させてもらう前に、ちゃんと取り決めをしようて思って」

真摯《しんし》な表情でそう告げた澪人に、小春はよく分からないまま、はぁ、と頷いた。

二

レンガ造りの瀟洒《しょうしゃ》な学徳学園の校舎の中に、ちりりんとベルの音が響く。

朝の時点では夏休みを引きずっていた生徒たちも、始業式が終わり、晴れやかな笑顔で校門を後にしていった。

今日から新学期。

小春も気持ちを新たに、親友の水原《みずはら》愛衣《あい》と共に、中庭へと向かっていた。

そこは、かつて学生寮で、今は使われていない塔がある。

幽霊が出るという噂から、人も寄り付かないいわくつきの場所だったが、これ幸いと一階の応接室を『ミステリー研究会』の部室兼チーム『ＯＧＭ』の会合場所として使わせてもらっている。

ＯＧＭは、『拝み屋』の略。

賀茂澪人をリーダーに、櫻井小春、水原愛衣、三善朔也《みよしさくや》、安倍由里子《あべゆりこ》がメンバーだ。

「——えっ、『さくら庵』に泥棒が？」

「それで、賀茂くんが一緒に住むことに⁉」

今この部室には、高校二年生の小春と愛衣と朔也の三人しかいなかった。

小春は、『さくら庵』に起こった出来事を二人に話したところだ。

『拝み屋』として依頼者の心のわだかまりを祓《はら》った吉乃が素晴らしかったこと。

その夜に、店に泥棒が入り、若宮が追い払ってくれたこと。

そして、澪人が今、櫻井家に下宿していることも……。

すべてを聞き終え、そっかぁ、と愛衣は眼鏡の奥の目を細めて、ホッとした様子で胸に手を当てる。

「澪人さんがいてくれるなら安心だね」

彼女はショートカットにフレームのない眼鏡をかけた透明感のある少女だ。

一見しっかりとした雰囲気で、『まやかしなんて信じない』というタイプに見えるが、実はオカルト話が大好き。特殊な力は持っていないが、ミーハーが高じて、不思議なことに関してとても情報通だった。

その横で、でもさ、と朔也は茶色がかったふわりとした髪を揺らして、首を傾げる。

朔也は、浄蔵《じょうぞう》の流れを汲《く》む三善家の末裔《まつえい》。

彼自身、妖《あやかし》を一瞬で滅することができるほどの強い力を持つ除霊師だ。

「コハちゃんと賀茂くんが一緒に住むって、ほとんど同棲《どうせい》じゃん。同棲って……」

何を妄想したのか、羨《うらや》ましいぃ、と朔也は、体をよじらせる。

小春は頬を赤らめながら、ムキになって前のめりになった。

「ど、同棲じゃなくて、同居！　変なこと言わないで」

「そうだよ、朔也！」

愛衣が腕を組んで、横目で睨《にら》む。

以前まで、愛衣は朔也を『朔也くん』と呼んでいたが、夏休みの間、ＯＧＭ活動でペアになることが多く、いつの間にか呼び捨てになっていた。

分かってるけどさぁ、と朔也は頭を掻《か》く。

「交際している男女が一つ屋根の下だよ？　イケない妄想がついつい膨らんじゃうよね。吉乃さんも不安なのは分かるけど、よく許したなぁ」

「イケない妄想って何よ」

愛衣は呆《あき》れたように肩をすくめた。

小春は脱力したように、息を吐き出す。

「そんな心配はご無用です」

「まー、賀茂くんは真面目だしね」

本当は理解しているという様子で笑う朔也に、小春は苦笑した。

「そうだよ、澪人さんはとても真面目なんだから……」


――そう、澪人は真面目だ。

同居が決まった翌日の朝。

彼は吉乃と小春を前に、はっきりと宣言したのだ。

『なるべく僕は、この家で小春ちゃんと二人きりにならないようにします』

えっ、と小春が戸惑っていると、澪人は話を続けた。

『小春ちゃん、どうしても二人で話がある場合は、居間で話すことにしよ』

ええ、と小春は曖昧《あいまい》に相槌《あいづち》をうつ。

『今の僕らは交際してるんやし、そんな二人が一緒に暮らすて、吉乃さんも心配なはずや。そやから、そこはきっちりしとこ』

澪人は、まるで決意表明のように、その美しい顔をきりりとさせてそう告げる。

今度は吉乃が、はぁ、と気の抜けた声を出し、その後に、ぷっと笑った。

『わざわざ、そない言わんでも、心配してへんし』

いえ、と澪人は首を振る。

『このあたりのことは、きっちりしとかなあきまへん』

『……』

気圧《けお》されるほどの迫力に、小春と吉乃は思わず顔を見合わせる。

そうや、と澪人はスマホを取り出す。

『宗次朗さんにも報告せな』

その後、澪人は、宗次朗にも電話で事情を説明し、『節度を持って生活するので心配しないでほしい』と伝えたのだ。

澪人からの報告を受けた宗次朗はというと、いつもは過剰に心配する保護者的な叔《お》父《じ》だというのに、あまりに強い口調の澪人の声を聞いて、彼の決意が伝わったのか、『ああ、悪いな、頼むよ』としか答えなかったそうだ。

そんな澪人の対応を愛衣と朔也に話し、

「……というわけでね。まったく甘い感じはないから」

と、小春は肩をすくめた。

何より、澪人は今、陰陽師《おんみょうじ》の仕事が忙しいようだ。東の本部の内部が崩れたことで、西にもその影響が及び、立て直すのに大変だと話していた。

そのため、同居を始めてから数日経つというのに、澪人はほとんど櫻井家にいない。

夜遅く帰ってきて、朝も早朝の内に出かけてしまっている。

夕食も朝食も一緒に摂《と》っていない。

櫻井家には、寝に帰って来ているような状態だった。

夜の間、男性が家にいるのは、心強いけれど——。

そんな状況を知った愛衣と朔也は、少し感心したように、大きく頷《うなず》いている。

「なんていうか、本当に澪人さんらしいね」

「そうそう、賀茂くんって、ほんと、見た目からは想像できないクソ真面目な男だよねえ」

小春は、本当に、と微《かす》かに頬を引きつらせながら、話を続ける。

「そういうわけで、朔也くん、変な勘繰りはやめてね」

「そうだよ、朔也」

女子二人の強い眼差《まなざ》しを受けて、朔也は「はーい」と適当な返事をし、それよりさ、と話題を変えた。

「吉乃さんの除霊の話だけど、依頼人の竹美さんって、水城って言ったっけ？」

朔也の唐突な問いに、小春はきょとんとして「うん」と頷く。

「そうか、水城……もしかして……」

ぶつぶつとつぶやく朔也に、小春と愛衣は小首を傾げた。

「どうかしたの？」

あーいや、と朔也はごまかすように笑う。

「吉乃さんの今回の除霊の話だけど、すっごく良かったなぁ。依頼人である竹美さんの心のわだかまりを払ってあげたってことじゃん」

明らかに何かを隠しているようだったが、小春はあえて追及しなかった。

愛衣も同じ気持ちだったのか、うんうん、と相槌をうって、話に乗る。

「竹美さんと亡くなった彼女のお父さん、二人の想いを浄化したわけなんだよね。すごいことだと思う」

愛衣と朔也に褒められて、小春は嬉《うれ》しさにはにかむ。

「ありがとう。私も『お祖母《ばぁ》ちゃんみたいな拝み屋さんになりたい』って、あらためて思って……」

「いやはや、俺たちＯＧＭも負けてられないよな。人を救う除霊がしたい」

朔也は熱っぽく言って、拳《こぶし》を握る。

「私は力がないから、救えはしないけど、そんな場面に立ち会って感動したい！」

と、愛衣も同じように拳を握った。

「それには、攻めの姿勢でいかないとな」

「だね、同感！」

分かりやすく奮起する二人を前に、小春は小さく噴き出す。

「『攻めの姿勢』と言っても、何をどうするの？」

小春の問いに、朔也と愛衣は動きを止めた。

何をしたら良いか、と顔を見合わせていると、愛衣が「そうだ」と目を輝かせる。

「まずは、これじゃない？」

と、愛衣は壁際の戸棚を開け、ゴソゴソしながらポストのような長方形の箱を取り出した。

箱の側面に、『目安箱』と大きな太字で書かれていて、その下には『あなたの不思議体験や、解決してほしい心霊現象を募集します！』と記されている。

あれ、と小春は目をぱちりとさせる。

「『目安箱』って、今部室にあったんだ」

朔也が、そうそう、と手をうつ。

「その箱、一旦《いったん》しまうことにしたんだ。夏休みだし、コハちゃんと賀茂くんが東京に行っちゃったしさ」

「そう、一時的に回収してたんだよね」

そうだったんだ、と小春は相槌をうつ。

愛衣は、目安箱を手に、にこりと笑った。

「新学期も始まったし、また設置しようか」

「そうだね。そうしたら、何か投書がくるかも」

元々、目安箱は、愛衣の後輩・谷崎瞳《たにざきひとみ》が率いる『ミステリー研究会（旧名・オカルト研究会）』が、校内に設置したもの。

時折、そこに不思議な現象に悩む人からの相談が入る。

それを見て、ミス研が解決に向けて動き出す――という流れなのだが、彼女たちには特別な力がないため、そこはチームＯＧＭの出番だ。

とはいえ、目安箱の依頼をまっとうした数は、そう多くはない。そもそも霊障ではない投書も多い。

そんな中、印象的だったのは、『音楽堂に女性の霊がいて、ピアノに寄り添うようにしています』という投書と、ミス研の部長・谷崎瞳が、自分の家に起こる霊障について相談してきたことだ。

音楽堂には、実際に成仏できていない女性の霊が棲《す》みついていた。彼女は、小春が恐怖を覚えたほど、タチの悪い霊だった。

これは後から知ったのだが、音楽堂に関する投書は、霊障に気付いた安倍由里子がしたためたものであり、その霊は、同行していた朔也が、皆に気付かれぬ隙に一瞬で焼き払っていたそうだ。

　また、谷崎瞳の家の霊障は、亡くなった祖父の想いが関わっていた事柄で、ＯＧＭの皆で解決に導いた。

「思えば、ＯＧＭもあんまり活躍できてないよねえ。あっ、コハちゃんと賀茂くんは東京で大活躍したけどね。俺たちもちゃんと活躍したいなぁ」

　そう洩《も》らす朔也に、愛衣は、うんうん、と同意し、小春は「そんな」と首を振る。

「東京の騒動では、ＯＧＭの京都チーム、すごく活躍してくれたよね？」

　愛衣と朔也は、うーん、と唸《うな》りながら、首を傾げた。

「私は、安倍さんや朔也と一緒に綾戸國中《あやとくなか》神社へ出向いて祈禱《きとう》はしたけど、まったく役に立った感じがしてないし、谷崎さんの時なんて私はいなかったから、なんていうか、ちゃんと除霊現場に同行したいなぁって思っちゃう」

「俺も正直、あの祈禱は『安倍の当主がすごかった』ってだけで、活躍できた気がしてないんだ」

　小春は、そんなことないよ、と言うも、二人としては納得がいかないようだ。

「私、ちょっと目安箱を設置してくる！」

　愛衣は軽やかな足取りで、部室の外に出ようとする。

「俺も行く……」

朔也はそう言いかけて、弾《はじ》かれたように部室の扉に目を向けた。

「っ！」

小春も同じように、扉に目を向ける。

それは、突然だった。

扉の向こうに、人ならざる者の気配を感じたのだ。

一方、霊感が強くない愛衣は、目安箱を抱えて、ふんふん、と鼻歌を歌いながら、部室の扉に手をかけている。

「――あ、愛衣っ」

「愛衣ちゃんっ！」

小春と朔也が声を上げた時にはすでに遅く、愛衣は扉を開けていた。

そこには一体、何ものが？

何があっても対処できるよう、小春は身構え、朔也は印を組む準備をする。

二人の間にだけ、ぴりりと緊張した空気が張り詰めた。

だが、呼び止められた愛衣は、「え、なに？」と、呑気《のんき》な様子で振り返る。

愛衣の目の前には、ふわふわした白い毛の動物が、二匹。

一匹――いや、一柱は、小春も皆もよく知っている丸い柴犬《しばいぬ》のような姿をした狐神。

その隣には、同じく白狐がちょこんと座っていた。

その白狐は首に赤い前掛けをしていて、まるまると愛らしいコウメとは対照的に、すらりとした狐らしい狐だ。

「コウメちゃん！」

「……と、その横の狐は？」

小春と朔也が声を上げると、コウメとすらりとした白狐は、ぺこりと頭を下げた。

三

突然、部室に訪れたコウメと白狐に戸惑いながら、小春と朔也は彼らを迎え入れた。

「部室に二匹……ううん、狐は二頭だったかな、いや、匹でいいのかな？　違った、二柱だ。まぁ、とにかく不思議な光景だよね」

そう言って笑う朔也の視線の先には、ソファーに仲良く並んで座り、湯呑《ゆのみ》を手にしている白狐たち。

そのお茶は、愛衣が淹《い》れたものだ。

会話を聞いていたコウメは、二本指を立てるように手をかざした。

「コウメちゃんが言うには、自分たちの数え方は『二匹』も『二頭』も違っているし、かといって『二柱』はおこがましいから、呼び方は、『二人』でいいって」

と、小春はコウメの想いを代弁する。

「二人って、『人』じゃないけどね」

「自分たちは、『人以上神未満』だからって」

「あっそう……」

そう話す小春と朔也の横で、愛衣は悔しそうに、ううっ、と呻《うめ》いて、トレイを胸に抱くようにしている。二人のためにお茶を用意したというのに、愛衣にはその姿を視ることができないのだ。

「ここに可愛いコウメちゃんと綺麗《きれい》な白狐さんがいるんだよね⁉ そして私の淹れたお茶を飲んでくれてるんだよね？ そのお姿を拝めないなんて！」

と体をよじらせる愛衣に、小春と朔也は、まあまあ、となだめた。

「視《み》たいぃ」

胸に抱いているトレイが割れるのではないかと思うほどに強く抱き締めて言う愛衣に、小春と朔也はどうしたものかと顔を見合わせる。

小春は、ふと思い出し、そうそう、と人差し指を立てた。

「前に手鏡を使ったら、愛衣にもコウメちゃんの姿が視られたよね？」

「そうだ、そうしてみたらいいよ、愛衣ちゃん」

時に、鏡やガラスに反射させることで、普通の人でも霊や妖《あやかし》の姿を視られる場合がある。

過去にこんなことがあった。

鞍馬《くらま》山《やま》で妖退治に奮闘した際、コウメが助けに来てくれたのだが、その時、愛衣は手鏡越しに、コウメの姿を視ることができたのだ。

それはもちろん、コウメ自身が『視せてもいい』と思ったためでもある。

「今日、手鏡持ってきてない……」

がっくりとうな垂れている愛衣に、小春は、ふふっと得意げに笑って、ポケットに手を入れる。

「もしかして、小春……？」

「それはもちろん、手鏡は『さくら庵』の人気商品の一つだから、持ってるよ。はい、使って」

そう言ってポケットから、ケース付きの丸い手鏡を取り出した。

濃紺に白兎が鏤《ちりば》められたデザインで、持ち手の部分にはストラップが付けられるようになっている。

「うわぁ、可愛い。お借りするね」

「良かったら、あげるよ」

「えっ、嬉《うれ》しい。ありがとうっ」

愛衣は、では、と両手で手鏡を受け取り、鏡越しにソファーを映す。

手鏡の中には、もふもふのコウメと、きりりとした白狐が映っている。

二人は愛衣の方を見て、まるで『お茶をありがとう』と言うように湯呑を手に、揃って会釈をした。

「――っ」

愛衣は口に手を当てて、その場にしゃがみ込んだ。

「なに、この可愛すぎる世界！　人ならざる者が視られるってメルヘンワールド！」

朔也は、いやぁ、と頭を掻《か》く。

「そうは言うけど、愛衣ちゃん。こんなメルヘンな場面は、滅多にないよ？」

「うん、同感」

小春は心からそう言って、苦笑する。

コウメと白狐は、あらためて、という様子でぺこりと頭を下げた。

「ええと、『今日はお願いがあってきました』って言ってる」

手鏡を使用することで、この場にいる皆がコウメと白狐の姿を確認できるようになったが、その声を聴くことができるのは、小春だけだ。

小春は、彼らと目を合わせて、想いを読み取っていく。

「お願い？」

朔也と愛衣は、なんだろう、と次の言葉を待つ。

コウメは、この子の話を聞いてやってほしい、というように白狐の肩に手を載せた。

白狐が、胸に手を当てる。

「白狐さんが、自分のことは、『シロ』って呼んでほしいって」

小春は、シロと目を合わせながら、そう伝える。

「白狐のシロさん」

「分かりやすくていいね」

愛衣と朔也は、頬を緩ませた。

「シロさんは、伏見《ふしみ》の地を護《まも》る眷属《けんぞく》神なんだって」

と、小春は、シロの言葉を伝えていく。

コウメとは、実は古い友達だそうだ。

『出会った頃は、こんなに丸くなかったから、再会した時は別の狐かと思った』

そう言ったシロに、コウメが、『なんでやねん』と前足で突っ込み、二人で爆笑していた。

小春が二人のやり取りを話して聞かせると、

「……えっと、どうしてそこで爆笑なの？」

愛衣は、爆笑しているコウメとシロの姿を鏡越しに確認して、戸惑った目を見せる。

それには、朔也が頬を引きつらせながら答えた。

「彼らにとって判断基準は、何よりオーラでだから、基本的に見た目が変わっても、分からなくなるはずがないんだ」

愛衣は、あー、と納得する。

「つまり、人ならざるものたちのボケと突っ込み……」

興味深い、と愛衣は真面目な表情でつぶやく。

そんな、白狐たち、そして愛衣の姿が可笑《おか》しく、小春と朔也は思わず噴き出しそうになり、肩を震わせた。

冷ややかに一瞥《いちべつ》をくれるコウメとシロに、小春は気を取り直して視線を合わせる。

「それはさておき、本題に入ると、今度、シロさんの棲《す》まう伏見に、『やんごとなきお方』が来てくれることになったんだって」

やんごとなきお方？　と朔也と愛衣は揃って首を傾げる。

「自分たちは、そのお方が我らの土地に来てくださるのがとても嬉しい。なんとか、喜ばせたい。どうか協力をお願いできませんか、って言ってる」

小春は、シロの想いを代弁した後、朔也と愛衣を見た。

二人は、嬉々《きき》として顔を明るくさせている。

「それはもちろん」

「協力させてもらうよ！」

そう言った二人に、コウメとシロは、わぁい、と諸手《もろて》を挙げた。

「で、『やんごとなきお方』って、何もの？」

「神様？」

そう問う朔也と愛衣に、シロは露骨に顔をしかめた。

小春はすぐに、シロの気持ちを代弁する。

「『やんごとなきお方です』って言ってるよ」

「え、なにそれ、情報量少なくない？」

「小春、コウメちゃんにも聞いてみて」

だが、コウメにも分からないようで、首を傾げていた。

「まぁ、『やんごとなきお方』でいっか」

「そうだね」

愛衣は鏡越しにコウメの姿を見て、可愛い、と震えるように言う。

「それでシロさん、その『やんごとなきお方』は、いつ伏見に？」

小春がそう問うと、シロとコウメは揃って、両手の小さな指先を合わせる。

一見、指で三角を作っているように見えるが、その実は違っていた。

「なにそれ、生八《なまや》つ橋《はし》の日とか？」

「そんな日あるの？」

そんなやりとりをする朔也と愛衣に、小春は、違うみたい、と笑う。

「コウメちゃんとシロさんは三角じゃなくて、丸を作ってるの」

「丸？」

「そう。『やんごとなきお方』は、中秋の名月の日に来られるって」

朔也と愛衣は納得して、大きく首を縦に振った。

「それじゃあ、その日に、『やんごとなきお方』が喜ぶようなことを伏見の地でするといいってことか」

「つまりは、歓迎会ってことだね。でも、どうしたらいいんだろうね？」

「お料理を振る舞うとか？」

小春と愛衣が腕を組み、うーん、と唸《うな》っていると、

「でも、まぁ、とりあえず、今回の件は力になれると思うよ。なんせ伏見は俺のテリトリーでもあるからね」

朔也はそう言って、胸を叩《たた》いた。

「そっか、朔也の家は伏見だもんね」

そう、朔也が身を寄せている祖父母の家——三善酒造は、伏見にあるのだ。

四

学校からの帰路。小春は夏休み前と同じようにバスに乗って、祇園へと向かう。

平日の夕方にしては空《す》いていて、最後方の座席に座ることができた。

ホッと一息つき、スマホに目を向けると、吉乃からメッセージが入っていた。

「お祖母《ばあ》ちゃんからだ……」

珍しい、と洩《も》らして、画面をタップする。

『お代はもう済んでるさかい、帰りに「いづう」に寄って、鯖寿司《さばずし》を引き取ってきてくれへん？』

『いづう』とは、創業二百余年になる寿司の有名店だ。場所は祇園にあり、『さくら庵』からもそう遠くない。吉乃は、『鯖寿司』と略しているが、実際に『いづう』にあるのは、『鯖姿寿司』という名だ。

思えば、吉乃は鯖寿司が好きで、誕生日などに好んで食べている。彼女にとって、割と特別な食べ物という印象だった。

「突然、どうしたんだろ……」

小声でつぶやきながらも、『了解です』と返事を送る。

ややあって、返事が届いた。

『おおきに。澪人ちゃん、今夜は一緒にご飯食べられるんやて』

その文面を目にするなり、どきん、と鼓動が跳ねる。

吉乃のメッセージは続いていた。

『今夜はようやく歓迎会やで』

小春は意識せずに、うんうん、と頷《うなず》いていた。

本当に、ようやくだ。最近は、澪人の帰りが遅いので、寂しさを通り越して、身体の心配をしていたくらいだった。

もしかしたら、吉乃が澪人に、『たまには、はよ帰ってきよし。一度は顔合わせて、ご飯食べなあかん』と伝えたのではないだろうか、と小春は推測する。

今、組織がゴタゴタしているのはたしかだろうが、彼のことだから遠慮もしていた可能性がある。

早く家に帰りたい。

逸《はや》る心を抑えきれず、小春は窓の外に目を向けた。

夕暮れ空が広がっている。

北大路通《きたおおじどおり》の向こうに見える比《ひ》叡山《えいざん》も以前とまるで変わらず、バスの中でやきもきしている小春を微笑ましく見守っているようだ。

祇園の停留所で、バスから降車した小春は、そのまま『いづう』へ向かった。

吉乃に頼まれていた鯖姿寿司を引き取ってから、帰路を急ぐ。

馴染《なじ》みの辰巳《たつみ》稲荷《いなり》に会釈をして、小路《こうじ》に入ると『さくら庵』の暖簾《のれん》が見えてくる。

その時だ、店の引き戸が開いて、澪人が出てきた。

濃紺の着流しを纏《まと》っている。

彼は、ちょうど暖簾を片付けようとしているところだった。

小春は思わず小走りで、澪人の許《もと》へと駆け付ける。

「澪人さんっ」

澪人はとっくに小春の気配に気付いていただろうが、まるで、今気が付いたように顔を向けて、にこりと目を細めた。

「小春ちゃん、お帰り」

「た、ただいまです」

澪人は暖簾を片手に持った状態で、どうぞ、と引き戸を大きく開ける。

小春が会釈しながら店内に入ると、澪人は暖簾を店の中に片付けて、扉を閉めた。

しっかりと鍵《かぎ》を掛けてから、二人で二階へと向かう。

居間の方から、「夕食の準備はできてるし、先、手ぇ洗ろてきよし」という吉乃の声が届いて、小春は「はーい」と声を上げた。

「とりあえず鯖寿司、ここに置いとくね」

と、鯖姿寿司が入った紙袋を居間の入り口に置いてから、小春は澪人と共に洗面所に入った。

狭い洗面所で小春は、先に手を洗いながら、背後に澪人の視線を感じていた。

なぜか、うなじのあたりが、じんわりと熱い。

鏡越しに目が合い、澪人はそっと目をそらして、口を開いた。

「……久々の学校、疲れたやろ」

「今日は、授業がほとんどなかったので、それほどでもないですよ。澪人さんこそ、お疲れじゃないですか？」

「そないなことあらへんで」

「毎日、遅かったじゃないですか」

「本部では、休み休み仕事してたさかい」

ドキドキしながらも、そんな他愛もないやり取りに、小春の胸は熱くなっていた。

自分が楽しみにしていたのは、こうした些《さ》細《さい》なことなのだ。

居間に入ると、ちゃぶ台の上には、すでに料理が並んでいた。

天ぷらに茶碗《ちゃわん》蒸し、厚焼き玉子、冷しゃぶのサラダ、みそ汁、香の物。

その中心に、鯖姿寿司がある。

「わあ、美味《おい》しそう」

「ほんまや」

目を輝かせた小春に続いて、澪人も嬉《うれ》しそうに言って、腰を下ろす。

「鯖寿司は、澪人ちゃんが好きやて聞いて」

どや、と微笑む吉乃に、澪人は恐縮そうに頭を下げた。

「なんや、気ぃ遣わせてしもて、こない高価なもの」

「ええねん、私も好きなんやけど、小春と二人やと多すぎるさかい、澪人ちゃんがいてくれるおかげで、食べられるし」

そうなんです、と小春も頷く。

もちろん、鯖姿寿司だけを食べるならば、ぺろりと平らげられるのだが、おかずも一緒となると、女二人には結構なボリュームだ。

「ほんなら、遠慮なく呼ばれます」

三人は、いただきます、と手を合わせた。

「澪人ちゃんは冷酒でええ？」

吉乃は、清酒の小瓶を手に尋ねる。

「いえ、僕は一応、この家の用心棒やさかい、お酒は……」

「そない堅いこといわんと、歓迎会やし。祝い酒や」

吉乃は笑って、澪人の前のグラスに、冷酒を注《つ》いだ。

「おおきに。よう冷えて美味しそうや」

そう言って澪人は小瓶を受け取って、吉乃のグラスに注ぐ。

一方の小春は、冷たい緑茶が入ったグラスを手にする。

「ようやく、澪人さんの歓迎会ですね」

「ほんま、ようやくや。澪人ちゃん、お帰りなさい」

「おおきにありがとうございます。あらためて、どうぞよろしゅうお願いします」

三人は、乾杯、とグラスを掲げる。

冷酒やお茶を一口飲み、ふーっ、と息をついて、それぞれ箸《はし》を手に、いそいそと鯖姿寿司を自分の取り皿に運んだ。

いづうの鯖姿寿司は、一般的な鯖寿司よりも丸い、半円形のかたちだ。手毬《てまり》寿司のように、祇園らしい雅《みやび》さが感じられる。

鯖は日本近海の真鯖であり、米は滋賀県産の江洲米《ごうしゅう》。寿司全体をくるむ昆布は、北海道産の昆布だそうだ。

美味しさを保つため竹の皮で包んでいて、昆布は食べる前に外すが、好んで食べる人も多いそうだ。

小春は鯖姿《さばすがた》寿司をぱくりと口に運ぶ。

鯖の旨味《うまみ》を、ほんのり甘い酢が優しく締めている。

「美味しいっ」

たまらない、と目を細める小春に、吉乃は、ふふっと笑った。

「鯖寿司苦手やった小春も、すっかり好物やな」

澪人は、意外や、と小春の方を向いた。

「苦手やったん？」

小春はまだ鯖姿寿司が口の中に入っていたため、口に手を当てて、はい、と頷く。

食べ終わり、お茶を飲んでから口を開いた。

「……私、東京に住んでいる時は鯖寿司、苦手だったんです。けど、京都のを食べて好きになったんですよね。臭みがないし、酢の締め方が絶妙というか」

そうやで、と吉乃は得意げに首を縦に振る。

「京都の鯖寿司は、伝統芸みたいなもんや」

伝統芸て、と澪人は笑う。

「でも、そうやね。京の町中は海から遠いさかい、酢で締めるていうんは、冷蔵庫のない時代の工夫やったんや」

「京都では昔からハレの日に食べるものやったんやで。ほんで、それぞれにお気に入りの店があったりしてな。京の人間には、馴染《なじ》みでちょっとしたご馳走やねん」

そう話す二人に、小春は、へぇ、と相槌《あいづち》をうつ。

「そういえば、宗次朗さんも鯖寿司、好きだもんね」

「吉乃さんのお気に入りは、『いづう』やね？」

「『いづう』もそうやし、出町柳《でまちやなぎ》の店も好きやで。澪人ちゃんは？」

「僕は、近いさかい出町柳の店で買《こ》うてくるのが多いんやけど、最近、僕、ええ店見付けたんです。仕事で行った先で出会《でお》うたんやけど」

どこやねん、と吉乃は前のめりになる。

「石清水八幡宮《いわしみずはちまんぐう》駅の近くの店なんやけど、そこも美味しい」

「食べてみたいわぁ」

「また、八幡さん行ったら、買うてきます」

「そら、嬉しい」

どうやら吉乃は、『いづう』にこだわっているわけではなく、鯖寿司自体が好きで、どこの店のも気になるようだ。

今話題に出た『石清水八幡宮』の名前は知っている。京の北東の鬼門を護《まも》る比叡山延暦寺《えんりゃくじ》と対峙《たいじ》して、京の裏鬼門である南西を護る神社だ。

京では、『やわたのはちまんさん』と称され、親しまれている。

「『八幡さん』って、ここから遠いんですか？」

「ここからやったら、京阪《けいはん》で三十分もかからへんよ」

「意外とそんなものなんですね」

「今度、一緒に行こか」

「はい、ぜひ」

そんな二人を前にして、向かい側に座る吉乃が愉《たの》しげに笑っている。

小春と澪人は、何を笑っているのだろう、と顔を向けると、

「デートの約束やな」

いたずらっぽくそう言った吉乃に、小春の頬が熱くなった。

澪人は弱ったように、目を伏せる。

「そないなつもりはなかったんやけど……」

「そ、そうだよ、お祖母《ばあ》ちゃん」

小春自身も、交際前と変わらない雰囲気で話していたのだ。

そやけど、と澪人は続ける。

「言われてみれば、そやね」

そう言って澪人は前髪をかき上げながら、照れたように笑う。

その姿が直視できず、小春は火照る頬に気付かれぬように目を伏せた。

吉乃は、やれやれ、と肩をすくめる。

「……なんや、二人きりにならへんでも、十分いちゃいちゃやな」

小春と澪人は、えっ、と弾《はじ》かれたように顔を上げた。

澪人の顔もほんのり赤い。

「ええと、そうそう、今日から学校だったんですけど」

この気恥ずかしい空気を一新しようと、小春は無理やり話題を変えた。

「そやったね、みんな元気やった？」

澪人も同じ気持ちなのか、間髪を容《い》れず返す。

「はい、部室にも行ったんです。愛衣と朔也くんしかいなかったですけど」

小春は一拍おいてから、再び口を開いた。

「そこに、コウメちゃんが、白狐を連れてきたんです」

そう続けると、吉乃と澪人は揃って目を丸くした。

「なんや、思いもしない話の展開に、むせそうになったわ」と吉乃。

「その白狐て？」

そう問うた澪人に、小春は答える。

「シロと名乗ってくれたんですが、伏見の眷属《けんぞく》神で、コウメとは昔馴染みだそうです」

「もふもふなんが並んでるて、可愛かったやろ」

吉乃は、ふふっと笑う。

「うん、でも、シロさんの方は、シュッとしてた。綺麗《きれい》な狐さんだったよ」

コウメもかつては、シロのようにスマートな白狐だったのだろう。大谷《おおたに》家でお菓子をたくさん供えてもらい、それを喜んで食べているうちに、今のようなまるまるとした姿になったのだ。

シロもコウメと再会した時は、驚いたに違いない。

コウメとシロの、自分たちにはよく分からなかった『人外あるある』のやりとりを思い出すと、どうしても、顔がにやけてしまう。

緩む口元を正すように、そうそう、と小春は座り直した。

「中秋の名月の日に、伏見に『やんごとなきお方』が来られるんだって」

吉乃と澪人は顔を見合わせる。

「『やんごとなきお方』て？」

二人の声が揃った。

「突っ込んで聞いてみたんだけど、よく分からなかったの」

へぇ、と二人は相槌をうつ。

「コウメたちの依頼は、その方を喜ばせたいけど、どうしたら良いか分からないから、協力してほしいって」

吉乃と澪人は、顔を綻《ほころ》ばせた。

「なんて可愛らしい依頼や」

「ほんまや」

小春は、でしょう、と微笑んで、話を続ける。

「それで、今度の土曜日に朔也くんの家——三善酒造に行くことになって……」

できれば澪人も一緒がいいな、と小春は期待を込めて言うも、彼は申し訳なさそうに眉《まゆ》を下げた。

「僕も同行したいとこやけど、本部の仕事があるさかい、かんにん」

いえいえ、と小春は首を振る。

「やっぱり忙しいんですね？」

そやねぇ、と澪人は脱力するように、息を吐き出す。

「川瀬さんが起こしたクーデターで、東の本部がごちゃごちゃになったやろ？」

はい、と小春は頷《うなず》く。

「その立て直しのために、西の陰陽師《おんみょうじ》が手伝いに行ってるのもあって、こっちが人手不足なんや……」

東京での出来事が頭を過《よぎ》り、小春は苦々しい表情で相槌をうつ。

　同時に、事件の首謀者だった川瀬のことが気にかかった。

「そういえば、川瀬さんはどうしているんでしょうか？」

「……日本からいなくなってしもた」

　えっ、と小春は眉根を寄せる。

「それじゃあ、海外に？」

「そやねん。ちょっと目を離した隙に、ロンドンに高飛びしてしもた」

「そっか、留置場に勾留《こうりゅう》されていたわけじゃないですもんね……」

　小春はつぶやきながら、日比谷神社の境内に座り込んでいた川瀬の姿を思い出す。

　まるで魂が抜かれたように、ぼんやりとした様子だった。

　星のことを教えてくれた川瀬を、小春は慕っていた。

　ロンドンに逃げたと聞いて胸が騒ぐも、それだけの元気が彼にあったことにホッともする。

　この世の理《ことわり》は鏡だ。

　自分の因果は必ず返ってくる。

　どんなに遠い土地に行こうとも、それから逃げられるわけではない。

　思わず願ってしまう。

　川瀬がこれ以上、悪因を重ねないことを——。

夕食を終えると、小春と澪人は、吉乃に先に入浴するよう勧め、二人で食器を片付けていた。

「おおきに、ほんなら、先にお風呂《ふろ》呼ばれるし」

吉乃は会釈をして、居間を出て行く。

台所には、小春と澪人が並んで立っている。

小春がスポンジを使って食器を洗い、澪人が湯で流していく。

澪人は洗い終えた食器を水切り籠《かご》に並べながら、自分の並べ方に不満を感じたのか、顔をしかめる。

「水屋仕事は慣れてないさかい、変なところがあったら遠慮なく言うてや」

はい、と頷きつつ、小春はきょとんとして澪人を見た。

「あの、『水屋』って？」

「えっ？」

澪人はぱちりと目を開いて、小春を見た。何を聞かれているのか分からないという様子だったが、次の瞬間には察したようで、ああ、と頷く。

「『水屋』は、水場——ここでは、台所のことやねん」

「そうなんですね。京ことばですか？」

どうやろ、と澪人は首を傾げる。

「茶室でよう使われる言葉やし、僕らは社寺の手水舎《ちょうずや》のことも『水屋』ていうし……今まで一般的な言葉やて思うてた」

真顔で言う澪人に、小春は小さく笑った。

「なんやろ？」

あ、ごめんなさい、と小春はスポンジを手に、食器に目を落とす。

「澪人さんって、本当に浮き世離れしてるなと思って」

「そやろか」

「そうですよ。雰囲気も雅《みやび》ですし、最初会った時は、なんていうか、人とは思えないって感じがしましたもん」

小春はそう話しながら、洗い終えた食器を澪人の方に置く。そうすると澪人がすぐに食器を手に取って湯で流すはずなのだが、手を止めたままだ。

どうしたのだろう、と再び顔を上げると、澪人がジッとこちらを見ていた。

少し切ない表情をしている彼に、小春は戸惑った。

「澪人さん、どうしました？」

かんにん、と澪人は首を振る。

「浮き世やなくて、ちゃんと現世の人間にならなあかんね」

そう言って微笑んだ澪人に、そんな、と小春は笑う。

だが、先ほどの表情が気になって、もやもやとしたものが胸に広がっていた。

もしかしたら、気にしていることを言ってしまったのかもしれない。

思わず俯《うつむ》いていると、澪人が少し明るい口調で言う。

「まぁ、陰陽師なんて仕事自体、浮き世離れやな。その陰陽師も、人手不足なんて現実問題に直面してるんやけど」

ですね、と小春は口元を綻ばせた。

「そうや、東の本部へは、谷口さんを慕うたくさんの陰陽師が立候補をして手伝いに駆け付けたんや。谷口さん、がんばってくれたはる」

澪人の言葉に、小春は顔を上げた。

『魔』に囚《とら》われた谷口は、嫉妬《しっと》心を抑えられなくなり、間違いを犯した。

だが、そんな谷口も自らの悪因を祓《はら》い、新しい道を進んでいる。

目の前が明るくなる気がした。

「良かったです。私もがんばらないと」

澪人が、そうや、と微笑む。

「まずは、もふもふたちの依頼やな。僕も『やんごとなきお方』が気になるし、中秋の名月には、参加できるようにしたいて思てる」

小春は、これはがんばらなくては、と思いながら頷いた。

五

──土曜日。

小春と愛衣が、京阪本線『中書島《ちゅうしょじま》』駅に降りると、朔也が出迎えに来ていた。

「よく来てくれたね。せっかくだから、ちょっと町を案内するよ」

張り切った様子で言う朔也に、小春と愛衣は喜んで歩き出す。

「私、伏見って『伏見稲荷《いなり》大社』のイメージしかなかった」

歩きながらぽつりとつぶやいた愛衣に、私も、と小春は同意する。

「伏見稲荷駅から六つも離れたここも、伏見なんだねぇ」

朔也は、まぁねぇ、と答える。

「伏見は結構広いんだよ。伏見稲荷大社が有名だから代表っぽくなってるけど、この辺りもなかなか良い感じだよ」

小春と愛衣は町を歩きながら、うん、と頷いた。

朔也が言うように、伏見といえば『伏見稲荷大社』のイメージが根強いが、この辺りは、また雰囲気が違っている。

酒蔵が立ち並ぶ、古き良き情緒溢《あふ》れる町並みだ。

真っ白い壁に、黒い瓦《かわら》屋根、竹を弓なりに曲げて組まれた犬矢来《いぬやらい》、軒先に下がっている杉玉《すぎだま》――。

川には、十石《じっこく》舟と呼ばれる屋形船が浮かんでいて、その向こうには『寺田屋《てらだや》』がある。

小春と愛衣は町を見回し、目を輝かせた。

「酒処の町って、素敵だね」

「うんうん。風情がある」

そう言う小春と愛衣に、朔也は、でしょでしょ、と嬉《うれ》しそうに八重歯を見せた。

「ねっ、朔也、あのぼんぼりみたいなのは何？」

愛衣は、軒先に目を向けて訊《たず》ねた。

「あれは、『杉玉』っていって、杉の穂先を使って、丸く作ったものなんだ。ところによっては、『酒林《さかばやし》』とも呼ぶみたいだけど」

そうなんだぁ、と愛衣は興味深そうに洩《も》らす。

吊《つ》り下がっている杉玉は、すっかり杉の葉が枯れて茶色になっている。

「小春はあれが『杉玉』って名前だって知ってた？」

「うん。なんだか可愛くて、前に聞いたことがあったから」

「たしかに可愛いね。酒蔵特有の飾りなの？　どんな役割があるの？　朔也の家にもあるの？」

矢継ぎ早に問う愛衣に、朔也は、はいはい、と手で制す。

「そうだね、今やただの飾りになっているところも多いみたいだけど、杉玉はできたては緑色なんだ」

「マリモみたいに？」

真顔で問う愛衣に、朔也と小春は、マリモって、と笑う。

「そう。なんでも、酒蔵は新酒が完成すると、できたての緑色の杉玉を軒先に飾るという文化があるんだって。そうすると最初はマリモみたいに鮮やかな緑だった杉玉も、徐々に枯れて茶色に変わっていく。通り行く人たちは、その杉玉の色の変化を見て、新酒の熟成具合を確認していたみたいだよ」

独特の文化に触れて、小春と愛衣は、へぇ、と相槌《あいづち》をうつ。

「あと、諸説あるみたいだけど、元々は大神《おおみわ》神社が由来って話もあるらしいよ」

どこかで聞いたことがあるが、馴染《なじ》みのない神社だ。

「大神神社って、どこにあるの？」

小春が問うと、朔也は、ええと、とスマホを操作して確認する。

「奈良県の桜井《さくらい》市の三輪山《みわやま》だって。古くからお酒の神様を祀《まつ》る神社として知られているみたい。そこでは神様が宿っているといわれている三輪山の杉の葉を束ねて、軒先に吊《つる》すって風習があって、それが杉玉の発祥だったみたい。でも、最初は丸じゃなくて箒《ほうき》みたいに杉を束ねてたらしく、当時は『酒箒』って呼ばれてたとか」

愛衣は話を聞きながら、ああ、と納得する。

「それで、今は『杉玉』の他に、『酒林』とも呼ばれてるんだ」

そうなんだろうね、と朔也は頷《うなず》く。

「それじゃあ、そろそろ、うちに行こうか」

方向転換した朔也に、小春と愛衣は、「はーい」と声を揃えて歩き出す。

伏見には、『月桂冠《げっけいかん》』、『黄桜《きざくら》』といった世界に名を馳《は》せる酒造会社の酒蔵が軒を連ねている。

そうした有名な酒造会社に比べると、三善酒造は中堅どころといったところだ。

だが、それでもなかなか大きな酒蔵だった。

何より小春と愛衣が注目したのは、酒蔵と隣接している三善酒造の店舗。

とても現代的で、洗練された雰囲気だったのだ。

「三善酒造のショップもあるんだね。酒屋さんというよりお土産屋さんみたい」

「それにちょっとお洒落《しゃれ》……」

店の前まで来て、興味津々な様子を見せる二人に、朔也は小さく笑った。

「そう、観光客向けのスーベニアショップなんだ。どうぞどうぞ、入ってみて」

二人は、会釈をして、店の中に入る。

酒蔵の土産屋というと、酒ばかり並んでいるのかと思えばそうではない。

ここには、酒の他に、伏見の名水と青谷《あおだに》の梅で作った梅サイダーや、酒麹飴《こうじあめ》、酒麹で漬けた漬物、はたまた酒麹で作った化粧品まで並んでいる。

そのパッケージは、どれも幻想的で美しいイラストだった。

「朔也くんのお姉さん、イラストレーターだもんね」

「こんなにお洒落で素敵って、酒屋のイメージが変わりそう」

しみじみと言う二人に、朔也は「ありがと」と微笑む。

「実はちょっと前までは、酒の一升瓶がずらっと並んでるだけの店だったんだ。常連さんは買っていってくれるけど、観光客は呼び込めないし、どうしようか、ってなってたところを姉ちゃんが改革したんだよ。あ、俺も手伝ったけどね」

小春と愛衣は心から感心して、すごい、と洩らす。

朔也は、いやいや、と首を振り、

「それじゃあ、こっちから家の中に入れるから」

朔也の後をついて、ショップを通り抜けて、酒蔵に囲まれた中庭に出る。

中庭には大きな酒樽《さかだる》が並んでいる。

ベンチもあり、ショップで買った酒粕ソフトクリームを食べている客の姿もあった。

「あそこが、三善家の住居」

朔也が指したのは、白い壁に瓦屋根の酒蔵と同じ構えで、一般住宅としては、なかなかの大きさの家だった。

「朔也の家、すごいね」

「うん、大きい」

愛衣と小春がしみじみと言うと、朔也は、まーねぇ、と洩らす。

「一階は、職人さんの休憩所にもなってるし、普通の家の感覚とはちょっと違うんだ。そうじゃなくても、祖父母に俺に姉ちゃん夫婦と大家族だしさぁ」

そう話す朔也に、小春と愛衣は目を瞬かせた。

「あれ、朔也くんのお姉さんって……」

「もう結婚したの？」

結婚するという話は聞いていたが、『結婚した』という話は聞いていなかったので、二人は少し驚いた。

すると朔也は、しまった、という様子で口に手を当てる。

「あー、そう、なんていうか、最近籍を入れたんだ。急遽《きゅうきょ》って感じなんだけど。式はまた落ち着いてから話でさぁ」

もごもごと言いにくそうな朔也に、小春と愛衣は事情を察して、顔を綻《ほころ》ばせた。

もしかして、と愛衣は小声で訊ねる。

「……朔也のお姉さん、おめでただったり？」

朔也は弱ったように頭を掻《か》きながら、曖昧《あいまい》に頷く。

「うーん、まぁ、そんな感じ」

小春と愛衣は、わあ、と手を合わせた。

「おめでとう」

「ありがとう。でも、まだ言うなって言われてるから、ナイショにしといて」

悪い、と手をかざす朔也に、小春と愛衣はくすくす笑いながら、分かった、と頷く。

「それにしても、朔也くんのお姉さんもおめでたなんて、奇遇かも……」

小春がつぶやくと、朔也と愛衣は「え」と動きを止めた。

「奇遇って、もしかして、小春……」

「え、でも、コハちゃん、同棲《どうせい》始めてからちょっとしか経ってないじゃん」

前のめりになる二人に、小春はぎょっとした。

「そ、そんなわけないよっ！　もう、何を言ってるの？　うちの両親の話でっ」

勢いで口にすると、朔也と愛衣は揃って目を見開く。

小春も朔也のように、ハッとして口に手を当てた。

「それじゃあ、小春に弟か妹が？」

「わ、すごいじゃん、おめでとう」

小春は先ほどの朔也の心境をなぞるような気持ちで、ありがとう、と肩をすくめる。

「私も、まだ早いから口外するなって言われてたんだけどね」

「それ、よく言われる話らしいよね」

愛衣と朔也は、うんうん、と相槌をうつ。

「でも、奇遇だなって思ったら、つい」

「本当だね。でも、おめでたいことって続くって言うじゃない？」

そう言った愛衣に、朔也が、そうそう、と同意した。

「自分の周りで、おめでたいニュースが続く時って、『自分にも幸せが起こる前触れ』であり、『分かれ道』でもあるって話を聞いたことがあるよ」

朔也の言葉に、小春と愛衣は「分かれ道って？」と首を傾げた。

「うん、例えば、自分の周りの人間が結婚したり、出産したりって、おめでたいことじゃん？」

そうだね、と小春と愛衣は同意する。

「俺は周りでそういうおめでたい話を聞いたら、素直に祝福できるし、幸せのおすそ分けをもらった気持ちになる。それは、二人も同じだと思うんだけど」

二人は同意しつつ、黙って朔也の話に耳を傾ける。

「でも、それは、俺には今のところ遠い話だから、なんの抵抗もなく祝福できるんだ。たとえばさ、おめでたい話も色々で、事業が成功したり、コンクールに入賞したり、大会を制したりってのもあるじゃん。自分が目指してる分野のめでたい話だと、素直に祝福できなかったりすると思うんだ」

ああ、と小春と愛衣は苦笑した。

「低俗な話題になるけど、俺がすっげぇ彼女ほしいと思っている時に、周りが次々にカップルになっていったら、ムカついてくると思う」

だよね、と愛衣は思わず笑う。

「まぁ、この程度のことならいいんだけど、本気で結婚したいとか、なんとしても欲しいものを周りが手に入れていったら、苦しくなりもするじゃん？　ぶっちゃけ俺は、陰陽師《おんみょうじ》として活躍して、認められてる賀茂くんを見ていたら、仲間として誇りに思うけど、ちょっと嫉妬《しっと》もするし」

小春は、そうだね、と切なさを感じて目を細めた。

中学の頃を思い出す。

皆が限られた椅子を狙って、がんばっていた。受験のストレスもあり、妬《ねた》み嫉《そね》みが渦巻いていた。

　そういうことだけではなくても、自分だけ良いことがないのに、周りの人たちに良いことばかり起こったら、拷問のように感じてしまうかもしれない。

　けどさ、と朔也は話を続ける。

「自分の周りにおめでたいニュースが多い時っていうのは、『次は君にいいことが起こる番だよ』って合図らしいんだ。だけど、そんな時に、なんていうのかな」

　言葉に詰まった朔也に、小春は言いたいことを感じ取って頷《うなず》いた。

「『負の想念に囚《とら》われていたら、幸福を受け取れなくなる』ってことだよね？」

　朔也は、そうそう、と頷き、愛衣は「そっか」と手を合わせる。

「幸運のリーチが来ている時に、俯《うつむ》いちゃってたら逃しちゃうってことだ！　だから、『分かれ道』ってことなんだね！」

　愛衣の言葉があまりに的を射ていて、小春と朔也は同時に噴き出す。

「え、なんで笑うの？」

「いや、表現がドンピシャすぎだよ、愛衣ちゃん」

「うん、分かりやすい」

　肩を震わせて笑う小春と朔也に、愛衣は気恥ずかしそうに肩をすくめる。

　その時、家の扉が開いて、朔也の姉の八雲《やくも》が顔を出した。

「朔也ー、いつまでも中庭で何してるの？　早く家の中に入れてあげなさいよ！」

八雲は、玄関のところで声を張り上げている。

以前はベリーショートだった彼女だが、今はショートボブになっていた。

おめでたい話を聞いた先入観からか、雰囲気が以前よりもずっと柔らかくなっているように感じる。

朔也は、「はーい」と声を上げ、小春と愛衣は、ぺこりと頭を下げた。

六

朔也が言っていた通り、一階には酒蔵の職人と思われる人たちが、広間で談笑している。

小春と愛衣は、ぺこぺこと何度も会釈をしつつ一階を通り抜けて、二階の朔也の部屋に向かい階段を上っていると、

「朔也ーっ、ちゃんと部屋のドアは開けておきなさいよ！」

下から八雲の怒声が響いた。

「はいはい、分かってるって」

「『はい』は一回！」

「はーい」

そんな親子のようなやり取りに、小春は微笑ましさを感じた。

「うるさくてごめんね、俺の部屋はここだから」

朔也は階段を上がって、すぐに見える扉を開ける。

部屋の広さは八畳ほど。フローリングの上に、水色のラグマットが敷いてある。

壁際にベッド、その横に机、反対の壁には本棚。部屋の中心には小さなテーブルがあった。テーブルの両サイドには、座布団になりそうな平べったい水色のクッションが置いてある。

小春と愛衣は、部屋を見回しながら、へぇ、と洩《も》らす。

「何その、気の抜けた反応」

二人がどういう反応をするのか気になっていたようで、朔也の方こそ気が抜けたように言った。

「なんていうか、朔也の部屋、家具の配置が私の部屋と大体同じ」

「私の部屋とも──」

そう答えた愛衣と小春に、そりゃあ、と朔也は笑う。

「ベッド、机、本棚、テーブルってなったら、似たような配置になるよね」

たしかに、と小春と愛衣は頷いた。

だが、朔也の部屋は水色がベースであり、壁にかかっているキャップや、机の上にある雑誌、またどこか殺風景な雰囲気も、『男の子の部屋』という感じがした。

朔也は机の前の椅子に腰を下ろし、

「高いところから話しちゃう感じになるけど、二人はそのクッションに座って」

はーい、と小春と愛衣は、腰を下ろす。愛衣はベッド側、小春は本棚側で、朔也を頂点に三角形になるかたちだ。

早速だけど、と愛衣はトートバッグからノートを取り出して、テーブルの上に開く。

「この前、シロさんが言っていたことをまとめておいたの」

おお、と小春と朔也は目を輝かせて、ノートを覗《のぞ》き込んだ。

そこには、先日の話が、箇条書きで記されている。

〈コウメちゃんとシロさんの依頼〉

『やんごとなきお方』が伏見の地に来るから、その方を喜ばせたい。

・『やんごとなきお方』とは→不明（人外？）

・来る日時→中秋の名月の日（時間は不明。月が出る頃？）

・場所→伏見稲荷大社の参道

小春と朔也はノートに目を落としたまま、うん、と頷く。

「とてもすっきりまとまってる」

「整理されてて、分かりやすいね」

「いやいや、そんな、たいしたことじゃないんだけど」

と、愛衣は肩をすくめて、『やんごとなきお方』の文字に人差し指を置いた。

「結局、この『やんごとなきお方』が何ものなのか分からないと、喜ばせ方も分からないよね？」

そうだよね、と小春。

「何を好むかとか、分からないし」

朔也は、そうだなぁ、と椅子に座った状態で腕を組みながら、椅子を左右に捻《ひね》る。

「シロさんは、伏見の地の眷属《けんぞく》神だって言ってたじゃん」

うん、と小春と愛衣は頷いた。

「『やんごとなきお方』は、眷属神が崇《あが》める存在だから、神様だとは思うんだよ」

それには、小春も同感だった。

「そうだね。多分、結構、位の高い神様」

「そう。位の高い神様が、中秋の名月に、伏見の地に降臨するってことだ」

そう話す朔也に、そっか、と愛衣もすぐに納得する。

「つまり、『神様が喜ぶこと』を考えたらいいんだね」

そのつぶやきの後、三人は顔を見合わせる。

互いの表情から、考えが一致したのが分かった。

神様が喜ぶこと——それは、一つしか考えられない。

「お祭りだね」

と、ほぼ、三人の声が揃う。

「お祭りをしたらいいんだ」

「それは楽しそう！」

小春と愛衣は、顔を明るくさせて盛り上がるも、

「そうは言うけど、伏見稲荷の参道でお祭りなんて、勝手なことはなかなか……」

朔也は弱ったように頭に手を乗せた。

その時だ。

「それなら、ちょうどいいわ」

女性の声がして、三人は体をビクッとさせる。

扉に顔を向けると、八雲がトレイを手に笑みを見せている。

「もー、姉ちゃん、脅かすなよ」

「ほんと、びっくりした」

朔也と愛衣がそう言う中、小春は特に驚きが強く、声が出なかった。

人の気配が、まったくしなかったためだ。

思えば、三善の姉弟《きょうだい》は育った環境の過酷さから、自然と気配を消す技が身についているのだ。

「驚かせてごめんなさい。冷たいお茶とおかき持って来たわよ」

お邪魔します、と八雲は部屋に入り、お茶と茶菓子をテーブルに置いた。

小春と愛衣は、ありがとうございます、と頭を下げる。

「で、姉ちゃん、『ちょうどいいわ』って？」

朔也が首を傾げると、そうそう、と八雲は手をうった。

「ごめんなさい。二階に上がってきたら、声が聞こえて、あまりに面白そうな内容に聞き入っちゃってたのよね。盗み聞きなんて嫌らしいことをするつもりはまったくなかったんだけど、結果的にそんな感じになってしまったわけで、信じてほしいのは、入るタイミングをつい逃してしまっただけで……」

八雲は話しながら、ばつが悪くなったのか、みるみる身を縮ませていく。

小春と愛衣は、「いえ、そんな、大丈夫です」と慌てて言い、朔也は呆《あき》れたように顔を顰《しか》める。

「それはそうと、話は？」

八雲は、ごめん、と片手をかざして、本題に入る。

「伏見稲荷参道商店街に入っている酒屋の人たちが、『中秋の名月に何かしたい』って話をしていたのよ。観光客も地元の人も楽しめるようなイベントね。で、私も企画のお手伝いすることになったんだけど、私は絵を描くのは好きだけど、イベントを考えるのは苦手で、朔也に手伝ってもらいたいなぁ、と思ってたのよね。ほら、うちのショップを生き返らせたのも、あんたのアイデアだし」

そんな八雲の話を聞き、小春と愛衣は思わず朔也の方を向いた。

三善酒造のショップを生まれ変わらせたのは、八雲ではなく朔也だったようだ。

二人の視線に、朔也は気恥ずかしそうに目をそらす。

何も言わない三人を見て、八雲は話を止めた。

「あ、ごめん。そういう話じゃなかった？　私、都合よく解釈しすぎちゃったかしら？」

八雲は慌てたように早口で言って、また肩をすくめる。

「いえ、そういう話です」

「ですです」

「むしろ、こっちにとって都合が良すぎるくらいだよ」

小春、愛衣、朔也は、揃って前のめりになった。

八雲は三人の勢いに気圧《けお》されながらも、良かった、と胸に手を当てている。

「もし良かったら、これから伏見稲荷参道商店街に行かない？　イベントをしようってお店を紹介したいし」

ぜひ、と三人は、頷《うなず》いて立ち上がった。

七

朔也が言っていたように、伏見は、世間がイメージするよりも広い。

酒処の伏見から、伏見稲荷大社までは、意外と距離がある。

そのため、伏見稲荷参道商店街までは、八雲が運転する車で向かった。

ペパーミントグリーンの軽自動車だ。

助手席には、朔也がハラハラした様子で、八雲を見ている。

「何よ、さっきからチラチラと。私の運転は安心できるっていつも言ってるくせに」

八雲が朔也に一瞥《いちべつ》をくれる。

「いや、そうじゃなくて、車の運転とか大丈夫なのかなって」

ああ、と八雲は笑った。

「ちゃんと安全運転なら、大丈夫よ。運転する妊婦はたくさんいるし」

そこまで言って八雲は、はっ、と口に手を当て、朔也は「あーあ」と笑う。

後部席で小春と愛衣は、ばつの悪さに苦笑した。

どうして皆が皆、こうも口を滑らせるのか。それはやはり、根本におめでたい出来事であるというのも関係しているのだろう。

「え、ええと、まぁ、私はそういうわけで、実はこの前、籍も入れまして」

八雲は言い訳がましく、ぼそぼそと言う。

「八雲さん、おめでとうございます」

「お体に気を付けてくださいね」

そう言った小春と愛衣に、八雲は、ありがとう、とはにかんだ。

「あ、結婚のことは宗次朗にも報告してるのよ。おめでとうって言ってもらえたから、そのあたりもお気遣いなくね」

宗次朗と八雲は、東京に住んでいた時に、一時交際をしていた。

今は良い友人であり、時に宗次朗は八雲に和菓子のパッケージデザインを依頼する仕事仲間でもある。

そうなんですね、と小春は頷いた。

「宗次朗もいい人見付かったみたいね。私も、ちょっとホッとした」

心からという様子でつぶやく八雲に、朔也は訊《き》き返す。

「ホッとしたって、マジで？」

「マジよマジ、大マジで」

「姉ちゃん、強がってない？」

「今さらないわよ。私にはイイ人がいるし。ほら、宗次朗って稀有《けう》な人だから、皆に慕われる反面、生涯孤独なんじゃないかって心配もしてたのよね」

八雲が言っていることは、なんとなく理解できる気がした。

宗次朗は、人に慕われ、人に囲まれながらも、孤高の存在という感じもするのだ。

やがて、伏見稲荷駅近くに着き、車をパーキングに停めて、四人は参道に向かった。

ここへは、以前、澪人と来たことがある。

相変わらず、明るい活気に満ちた雰囲気だ。

朱色の鳥居の印象が強いためか、この辺り一帯が赤い色のエネルギーに包まれているように感じられた。

伏見稲荷の参道は、表参道と裏参道があり、八雲が向かったのは裏参道の商店街の方だ。狐のグッズが揃った土産店、稲荷寿司《ずし》がある飲食店、神具店などが並んでいる。

八雲は、「こんにちはー」と、その中にある酒屋に迷わず入っていった。

「あの店、うちのお酒を仕入れてくれてる取引先なんだ」

と、朔也が小声で説明してくれた。

「三善さん、いらっしゃい」

四十代半ばの酒店の店長がにこやかに迎えてくれた。

「店長、さっきメールでも伝えたけど、この子たちが、中秋の名月のイベントを手伝ってくれるっていう弟とそのお友達」

そう言った八雲に、朔也、小春、愛衣の三人は各々《おのおの》順番に自己紹介をしてから頭を下げる。

おっ、と店長は顔を明るくさせた。

「それは嬉《うれ》しいな。老若男女のアイデアが欲しかったから」

彼の言葉は、関西《かんさい》のイントネーションを含みつつ、京都弁ではない。

聞くと、地元はここだが、一度関東に修業に出たため、方言が抜けたそうだ。

「中秋の名月のイベントをしようと思ったのには、きっかけがあって」

店長はそう言って、商店街マップを開く。

「うちの商店街には、酒屋が数店あるんだ」

商店街マップを見ると、参道にはいくつか酒屋があった。

「先日、そのうちの一店が撤退してしまったんだよ。けど、自分たちは『ライバル店がなくなって良かった』とは思えなくてね。これまでお互い、時にライバルで、時に協力し合って、切磋《せっさ》琢磨《たくま》しつつやってきたのもあって」

切なげに言う店長に、皆は神妙な面持ちで相槌《あいづち》をうつ。

「撤退したって言っても、地元の新潟に戻って続けることにしたみたいで、空いた店舗は、商売やってる友人が引き継ぐらしい。酒屋ではないようだけど、商店街が寂しくなるわけじゃないのはホッとしてるよ。でも、今回のことで、しゅんとはしてしまって。まぁ、何かしたいと思ってね」

そうして、『中秋の名月のイベント』をしようという流れになった、と店長は話す。

ふむふむ、と皆は聞き入る。

「で、何をしたらいいんだろうなぁ、と考えていて。できれば、商店街の酒屋を全部回ってもらいたいんだよ」

店長は眉根《まゆね》を寄せながら、腕を組む。

それなら、と愛衣が拳《こぶし》を握った。

「『スタンプラリー』はどうですか？」

すると店長は、そう、と人差し指を立てる。

「『スタンプラリー』、実は、俺たちもそこまでは考えられたんだ。でも、スタンプ集めた先に、粗品プレゼントだけでは弱い気がするし、何か他にもうひとつあればと」

なるほど、と三人は頷く。

訪れた客たちに、スタンプを集めて、店を回りたいと思わせる何か——。

「それで、今度、企画会議があるんだ。君たち、良かったら、それに参加してもらえないかな？」

「はい、ぜひ！」

小春、朔也、愛衣は、強く頷いた。

そうしてイベントで何をするかのアイデアは、企画会議までに各々の宿題となった。

八

それから、数日が経過した。

澪人は変わらず、大学に審神者頭《さにわがしら》としての仕事にと忙しく、共に夕食を摂《と》れない日が続いている。

それでも、メッセージのやり取りは以前のようにしていたし、一日に一度は必ず顔を合わせることができる。多忙な彼の身体を案じている小春にとって、顔を見られるのは安心できた。

「はーっ」

小春は台所で、レタスをちぎりながら、大きく息を吐き出す。

横でみそ汁を作っていた吉乃は、なんやねん、と肩をすくめた。

「おっきなため息ついて」

ごめん、と小春は苦笑した。

「幸せが逃げちゃうよね」

「そうやで。澪人ちゃんが心配なんやろ」

「それもあるけど、明日《あした》が企画会議なの」

「ああ、伏見の。何も思いついてないんや？」

「少しは考えたんだけど……」

「それなら、ええやん」

でもね、と小春は手を止める。

「私たちの真の目的は、『やんごとなきお方』を喜ばせることだから」

その言葉に吉乃は、そうやった、と今思い出したような顔を見せる。

「そうなの。だから、『楽しい』を大きく打ち出していきたいんだけど、なかなか」

小春は、またため息をつきそうになって、それをこらえる。

吉乃は、ふふっと笑った。

「本末転倒やな」

「えっ？」

「人を楽しませる基本はなんやて思う？」

「それは……相手のことをよく知ること？」

「それも、もちろん大事やけど、基本中の基本は、『自分が心から楽しむ』てことやねん。ため息をつくような憂鬱《ゆううつ》さでは、『楽しい』は生まれへん。『わくわく』から、大きな楽しいが生まれるさかい」

「そっか……」

小春は、最近流行《はや》りの動画配信者たちの姿を思い出す。

彼らが人気になった基本中の基本は、自分が心から楽しんでいたからだろう。

『やんごとなきお方』が高尚な神だとして、そのお方の好み云々《うんぬん》は分からなくても、人々が生き生きと楽しんでいたら、喜んでくれるに違いない。

自分自身が楽しむことで、大きなエネルギーが生み出されるのだから。

それに、と吉乃が続けた。

「澪人ちゃん、今夜は夕食一緒に摂れるて」

えっ、と小春は顔を明るくさせる。

あまりの分かりやすい反応に、吉乃は小さく噴き出した。

「もう着くやろ。気配がしてるし」

そんな話をしていると、玄関のドアが開く音が二階にも届いた。

「本当だ……」

階段を上る音がし、澪人が居間に顔を出した。

「ただいま、小春ちゃん、吉乃さん」

「お帰りなさい」

小春はレタスから手を放して、思わず澪人の許《もと》に歩み寄る。

「これ、吉乃さんには伝えてたんやけど」

澪人は、袋を小春の前に差し出した。

「これは？」

中を見ると、鯖寿司《さばずし》が入っている。

「今日、八幡さんまで祈禱《きとう》しに行ってて、お土産に」

「ああ、お祖母《ばあ》ちゃん、食べてみたいって言ってたから。ありがとうございます」

「おおきに、澪人ちゃん。もうすぐ夕食やさかい、手ぇ洗ろてきよし」

そう言った吉乃に、澪人は、はい、と頷《うなず》いて、洗面所へと向かう。

澪人と一緒に食事ができる。

小春は胸を弾ませながら、鯖寿司の袋を手に台所へと向かった。

今夜のメニューは、澪人の土産の鯖寿司を中心に、筑前煮《ちくぜんに》と大根とレタスのサラダ、あさりの味噌《みそ》汁《しる》と香の物だ。

「なんや、鯖寿司続きみたいやけど」

申し訳なさそうに言う澪人に、小春と吉乃は首を振る。

「そんなことないですよ」

「そやで。それに、こない贅沢《ぜいたく》もなかなかできひん」

石清水八幡宮近くにある店の鯖寿司は、四角くかちっとした形状だ。

そのためか、とても大きく見える。

いただきます、と手を合わせて、三人は鯖寿司を口にする。

「――ここのも、美味《おい》しい。より癖がないというか」

「ほんまや。ここのも美味しい」

しみじみと言う二人に、澪人は目を弓なりに細める。

「そやろ、ここのも美味しいやろ」

小春は、うんうん、と頷く。

「どっちがというんじゃなく、それぞれに」

「私が食べ比べてみたなる気持ちも分かるやろ」

「うん。でも、鯖寿司って、本当に京都の人に愛されてるよね」

海から鯖を運んだ道を『鯖街道』と呼んだほどだ。

そこで小春は、ハッと目を見開いた。

動きを止めた小春に、澪人と吉乃はきょとんとする。

「小春ちゃん？」

「喉《のど》に詰まったんやろか？」

小春は我に返って、ううん、と首を振る。

「ちょっとしたアイデアが浮かんだの」

「伏見の？」

同時に問うた二人に、小春は頷く。

「採用されるかどうか分からないけど」

「なんや、ええアイデアみたいやね。当日は、僕も何とか行けそうやし、楽しみにしてるさかい」

小春は、わぁ、と頬を赤らめ、

「嬉《うれ》しいです、張り切ってがんばりますね」

そう言って拳《こぶし》を握り締める。

すると澪人は、口に手を当てて、俯《うつむ》いた。

まるで笑いをこらえるような姿に、小春は小首を傾げる。

「澪人さん？」

「かんにん。ほんまに楽しみにしてるし」

澪人は口から手を放して、にこりと微笑んだ。

九

――そうして、中秋の名月当日。

澪人は薄墨色の着流しを纏《まと》い、一人で京阪電車に乗り伏見稲荷駅へと向かっていた。

当日だけでも手伝いに行きたいと思っていた澪人だが、

『ここまできたなら、お客さんとして来てください』

と、小春に言われたためだ。

指定された時間は、午後三時頃。

というのも、その後のシロからの情報により、『やんごとなきお方』が夕方四時頃に姿を現すということが分かったのだ。

黄昏《たそがれ》時か、と澪人は思う。

それにしても、『やんごとなきお方』とは、どんな方なのだろう？　伏見稲荷大社の主祭神同様に、女神なのだろうか？

もしくは、龍神《りゅうじん》ということも考えられる。

ふと、馴染《なじ》みの龍神の姿が過《よぎ》り、澪人は頭《かぶり》を振った。

その時、スマホが振動し、澪人は袂《たもと》落としの中から、スマホを取り出す。画面を確認すると、メッセージが入っていた。

『僕と由里子さんは今、駅に着いたよ』

兄の和人《かずと》からだった。

澪人を含めた和人、由里子の大学生三人は、各々《おのおの》学校のことなどで忙しく、今回の件に参加できなかったのだ。三人とも手伝えないことを残念に思い、なんとしても当日は行こうと話していた。

『僕も次の駅や』と返すと、『それじゃあ、待ってる』と返事が届く。

澪人は小春にも『もうすぐ、伏見稲荷駅に着きます』とメッセージを送ってから、スマホを再び袂落としの中に入れた。

そうしている間に、電車は伏見稲荷駅に着き、澪人は駅を出た。

「澪人」

駅を出てすぐに、和人が駆けつけてきた。

和人は紺色の着流しだった。色合いは違っているが澪人と同じスタイルだった。

まるで示し合わせたようだ、と澪人は眉根《まゆね》を寄せる。

「あれ、澪人も着流し。お揃いみたいで嬉しいな」

「なんで、そないに思えるんやろ。僕は気恥ずかしいし」

「えっ、何か言った？」

「なんでもあらへん。ほんで、由里子さんは？」

澪人は、由里子の姿を探す。

以前は由里子のことを『安倍君』と呼んでいた澪人だが、和人と交際に至った今は、『由里子さん』と呼んでいる。一方の由里子も、澪人を下の名前で呼んでいた。

「あれ、さっきまで、隣にいたんだけど……」

和人もぐるりと辺りを見た。

ふと、視線を落とすと、由里子はしゃがみこみ、鳩と真剣に向き合っていた。

「由里子さん、その鳩がどうかした？」

和人に声を掛けられて、由里子は、ごめんなさい、と立ち上がる。着ている白いワンピースが、ふわりと広がっていた。

「実は私も小春さんや澪人さんのように、動物と意思疎通ができるようになりたいと思っていて、今、訓練をしているの。たまたま、鳩と目が合ったから、意識を読めたらと……」

「それで、読めた？」

ええ、と由里子は頷く。

「今の子は食べ物全般を『豆』と言っているみたいで、『豆、豆、豆』って、私に必死に訴えかけてたわ。大したことは思ってなかったの」

真顔でそう言う由里子に、和人と澪人は思わず笑う。

「おかしかったかしら？」

頬を赤らめた由里子に、和人は、ううん、と首を振った。

「可愛いなと思って」

「だから、その、そういうことを……」

さらりと褒める和人を前に、由里子は俯き、頬を赤らめている。

そんな二人を見て、澪人はそっと目を細めた。

「澪人は今、僕たちをバカップルと思ったね？」

いえ、と澪人は首を振る。

「カップルなんて、みんな同じようなもんやろし。それより……」

思ったことをそうやってすぐに口にできる兄さんが羨《うらや》ましい、と言いかけて、澪人は口を噤《つぐ》む。

「それより？」

「はよ、行こか」

歩き出した澪人に、そうだね、と和人と由里子は後を歩く。

由里子は、胸に手を当てて、ああ、と洩《も》らした。

「どうしよう、緊張する……」

「どうして、緊張するの？」

「ほんまや」

そう問うた和人と澪人に、由里子は拳を握り締める。

「それはもちろん、もふもふ様たちにお会いできるからよ」

和人と澪人は、えっ？　と目を見開く。

「だって私は、小春さんたちと違って、もふもふ様としばらく会えていないのよ。久々の再会なの。それが今回は、なんと、もふもふ様が二柱も！　こんな興奮はないでしょう？　緊張もするわ」

和人は納得して、手をうった。

「由里子さんの今日の白いワンピースは、白狐に合わせているんだね」

「そうなの」

そんな由里子の横で、和人は、そっかぁ、と微笑み、澪人は肩を小刻みに震わせていた。

そんな話をしながら、裏参道に入る。

そこは、たくさんの人で賑《にぎ》わっていた。

『中秋の名月祭』というのぼりが、どこの店にもずらりと立ち並んでいる。

しゃんしゃん、という鈴の音が聞こえる中、狐の面をつけた者や白衣に朱色の袴《はかま》という巫女《みこ》の姿をした少女の姿も多い。

どうしてなのかと思えば、『巫女になって参拝しよう』『狐のお面コンテスト』という張り紙も見える。

「あら、酒屋さんだけのイベントって話じゃなかったかしら？」

不思議そうに言う由里子に、澪人と和人も同意する。

「そうだね、なんだか、商店街全体のお祭りになってるっぽい」

「ほんまや……」

とりあえず、イベントの中心になっている酒屋に向かって歩いていると、人の波をかき分けるように巫女姿の少女がこちらに向かって駆けてきた。

「澪人さん、由里子さん、和人さん」

小春だった。

白衣に朱色の袴を纏い、頭には狐の面がついている。

「あら、小春さん。巫女の格好をしているのね。とても可愛いわ」

「うん、よく似合っているというか、しっくりきてるね」

そう言う由里子と和人に、小春は照れたように笑う。

「由里子さんのワンピースもとても素敵、似合ってますね」

「ありがとう、もふもふ様カラーなの」

もふもふ様カラーって、と小春は笑い、和人を見た。

「和人さんもお元気そうで。思えば、お二人に会うのは、久しぶりですね」

「そういえばそうね。いつもグループメッセージでやりとりしているから、久しぶりという感じがしなかったけど」

ＯＧＭが揃って打ち上げをしよう、と話をしながら、澪人が忙しかったため、保留になったままだった。

「小春さん、あらためて、東京ではお疲れ様。大活躍だったね」

そう言った和人に、いえいえ、と小春は首を振る。

「由里子さん、和人さん、その節は、お世話になりました」

「あら、何を言うのよ、水臭い」

「そうだよ、仲間なんだし」

由里子や和人と楽しげに話す小春の姿を見ながら、澪人は何も言えずに、立ち尽くしていた。

小春は、頭に載せている狐の面がずれたので、頭から外し、両手に持つ。

ふと、視線に気付いたようで、小春はゆっくりと澪人の方を向いた。

「澪人さん、お忙しいのに、ありがとうございます」

澪人を見上げ、にこりと微笑む。

「…………」

澪人は何か言おうとしたが、言葉にならず、そっと、会釈する。

「ねえ、小春さん。酒屋さんだけのイベントじゃなかったの？」

「そうそう。これはもう、商店街のお祭りになってるよね？」

そう問うた由里子と和人に、そうなんです、と小春はいたずらっぽく笑う。

「最初は酒屋さんだけのイベントだったんですが、なんだかどんどん盛り上がっていって、参加したいってお店が増えて、結局、商店街全体に広がったんです」

「すごいわねぇ」

「うん、良い連鎖だね。それじゃあ、スタンプラリーは？」

「スタンプラリーは、酒屋さんだけでやってるんですが、ちょっと面白い試みをしていて……」

小春はそう言って、ここから見える酒屋を指差した。

――酒屋×京の鯖寿司《さばずし》コラボ企画――

鯖寿司食べ比べスタンプラリー〈伏見鯖街道！〉

澪人、由里子、和人は、ぱちりと目を瞬かせた。

「京の鯖寿司食べ比べ？」

「伏見鯖街道？」

はい、と小春は頬を緩ませる。

「京都府下には美味《おい》しい鯖寿司がたくさんあって、各酒屋さんが贔屓《ひいき》の寿司屋さんとコラボをしているんです。酒屋で一品買うと鯖寿司を一切れ試食できて、食べ比べができるんですよ。スタンプを全部集めたら、小さな『杉玉』がもらえるんです。杉玉といってもフェルト製のマスコットみたいな感じなんですけど」

へええ、と由里子と和人は感心の声を上げる。

澪人は、もしかして、と小春を見た。

「櫻井家で食べた鯖寿司がヒントになったんやろか？」

はい、と小春ははにかむ。

「私自身、一切れずつ色んなお店の鯖寿司を食べ比べてみたいと思ったのと、きっと鯖寿司はお酒との相性も良さそうだと思いまして、提案してみたら、思った以上に乗り気になってくださって」

「たしかに、鯖街道は伏見築城にも関わってるて話やし、実現できたら楽しいて思いそうや」

澪人は感心して頷《うなず》く。

酒屋の前には、同じく巫女姿の愛衣と、半被《はっぴ》を着た朔也の姿があった。

「朔也、愛衣さん」

大きく手を振る由里子に、朔也と愛衣も手を振り返した。

「おー、由里子センパイに和人さん」

「来てくれてありがとうございます」

「愛衣さんも、巫女姿。可愛いわね」

「二人とも久しぶり。すごいね、大盛況だ」

そう言った由里子と和人に、えへへ、と朔也と愛衣は、笑みを浮かべた。

小春が、ちなみに、と顔を出す。

「巫女姿での参拝を呼び掛けるというのは、愛衣のアイデアで、朔也は『狐のお面』や『狐のグッズ』のコンテストを企画したんです」

そう言った小春に、朔也と愛衣が続ける。

「そうそう、それが、全部、採用になったんすよ」

「そうしているうちに、近隣の学校も参加してくれるって話になって、吹奏楽部のマーチング演奏の時間もあるんです」

はーっ、と和人は商店街を見回す。

「思った以上にすごいことになっていて驚いたなぁ」

本当ね、と由里子は同感し、澪人も頷いた。

「ほんまに、ここは、『楽しい』てエネルギーに満ち溢《あふ》れている」


――ありがとうございます。


そんな意識が届き、愛衣と和人を除く、メンバーは揃って顔を向けた。

そこには、シロとコウメの姿があった。

由里子は、もふもふ様っ！　と真っ赤になって口に手を当てた。

その反応から、愛衣はすぐに手鏡を取り出して確認する。

シロはぽろぽろと嬉《うれ》し涙を流し、コウメが、良かったね、という様子でシロの背中に手を添えている。

「シロさんが、『これできっと、あのお方は喜んでくださいます。ありがとうございます』って言ってる」

と、小春は、シロの想いを皆に伝える。

ねぇ、と和人は、小春を見下ろした。

「ちなみに『やんごとなきお方』って、どんな姿をしているのかな？　小春さん、聞いてみてくれる」

和人の言葉はシロに届いている。

小春が伝えるまでもなく、シロはその疑問に答えた。

「『とても尊く、誇り高く、気高いお姿をしている。何より、とても美しい』って」

その言葉を聞き、澪人の中で確信に近いものが生まれた。

「やっぱり、あの方やな……」

それはとても静かなつぶやきで、小春の耳には届かなかったようだが、近くにいた和人には聞こえていた。

「澪人、あの方って、もしかして？」

そや、と澪人は頷く。

おそらく、若宮だろう。

なぜ、こんなことをするのか、澪人には分かる気がした。

若宮はかつて、中秋の名月の夜に、小春の前世である玉椿《たまつばき》に嘘をつき、傷付けてしまっている。

小春の中につらい記憶が残っているかもしれないと憂いて、中秋の名月という日を楽しいものに変えるために、こんな手の込んだことをやっているのだろう。
　イキイキと楽しそうな小春の姿を見て、澪人は苦笑する。
「まったく、あの方は……」
　そう洩《も》らした時、シロが弾《はじ》かれたように振り返った。
　その時のシロの想いは、澪人にもキャッチできた。
――ああ、いらっしゃいました。
――やはり、なんて気高く美しい。
――強い強いエネルギー。
　シロの想いを受け取りながら、澪人は、そらそやろ、と口角を上げる。
　日比谷神社で、境内よりも大きな姿を現し、天へと昇って行った若宮。
　あのとてつもないエネルギーを前にしては、どんな眷属《けんぞく》神もひれ伏すに違いない。
　澪人は、そんな若宮に対して、嫉妬《しっと》してしまう時もあるが、誇りにも思うのだ。
――ああ、本当にとても。
――人の子とは思えない。
　そんな声が届き、うん？　と澪人は眉間《みけん》に皺《しわ》を寄せた。
　小春も同じ顔をしている。
「え、人なの？」

「そう言うてたみたいやね」

澪人と小春は、思わず顔を見合わせる。

その時だ。

伏見稲荷参道商店街に悲鳴に近い黄色い声が上がった。

何事か、とメンバーは揃って困惑する。

商店街にいた人たちは、自然と参道端に寄っていた。

それもそのはず、シロをはじめとした白狐の眷属神たちがどこからともなく現れ、人を端に寄せて、頭を下げたのだ。

まるでモーセが海を渡るごとく、道ができる。

道の先には、小春たちがよく知る顔があった。

宗次朗と杏奈だ。『杏奈さんだ』、『美男美女』と周囲の人たちが振り返っている。

「そ、宗次朗さんに杏奈さん⁉」

宗次朗は、小春たちの姿を見て、あれ、と目を見開く。

「どうして、お前らがここに？」

「そ、それは、こっちの台詞《せりふ》で……」

小春が目を泳がせていると、シロたち白狐神がずらりと宗次朗の前に立って、深く頭を下げた。

――この度は、この伏見の地においでくださって心より感謝申し上げます、主上様。

――我々は、あなた様ご夫婦を心より歓迎申し上げます。

「……いやぁ、俺は主上じゃないけど、なんだかご丁寧に……。こちらこそ、これからよろしくお願いします」

宗次朗はきまり悪そうに頭を下げる。

一方の杏奈は、シロの姿を見ることができないが、賀茂家の人間だ。

人ならざる者、見えない存在に戸惑いはしない。

杏奈は、何の説明を受けていなくても、そこに、何ものかがいることを察し、

「よろしくお願いいたします」

そう言って、深く頭を下げた。

白狐神たちは嬉しそうに微笑んで、頭を下げ返す。

――それでは、女神様にご報告させていただきますね。

白狐たちは、嬉しそうに伏見の山に向かって駆けていく。

コウメは、ばいばい、と手を振って見送っていた。

「えっと、どういうことだ？」

ぽかんとする宗次朗に、

「だから、それはこっちの台詞」

と、皆の突っ込みが揃う。

「どうして、宗次朗さんがこの伏見に？」

「ご夫婦ってなんやねん。親に挨拶《あいさつ》もなく勝手に結婚て」

詰め寄る小春と澪人に、どうどう、と宗次朗は手をかざす。

「まず、結婚はまだしてない。でも、プロポーズはした」

さらりと言う宗次朗に、ＯＧＭメンバーは、わっ、と歓声を上げ、杏奈は頬を赤らめる。

「そして、そうなったら、先のことはさておき、まずは夫婦二人でやっていきたいと思ったんだ。お袋には悪いけど、二人だけで生活したいって」

その気持ちはよく分かり、皆は黙って相槌《あいづち》をうつ。

「で、そんな時、伏見で酒屋やってる友達から、『店を畳んで、実家の新潟に帰ることにしたんだ。宗次朗、良かったら、ここで和菓子屋やらないか』って誘われたんだよ。このタイミングで、こんないい話が来るって、乗るしかないなと引き受けることにしたんだ。でも、まず、杏奈にこの商店街と、店を見てもらってから決めようと思ってたんだよ」

でもね、と杏奈が前のめりになる。

「商店街に入って、すぐ、『ああ、ここに住みたい』って思えたの。すごい楽しい雰囲気だし、なんだか大きなパワーをもらえそうって」

　わあ、と小春は杏奈の手を取る。

「杏奈さん、おめでとうございます。なんだかお姉さんができるみたいで嬉しいです」

「ありがとう。私も」

　でも、と和人が小首を傾げる。

「姉さん、女優のお仕事はどうするつもりなんですか？　京都に住みながらだと仕事も大変だろうし、結婚がマイナスになったりとか？」

　聞きにくいことをあっけらかんと訊《たず》ねた和人に、皆はギョッとする。

　杏奈は、ぷっ、と笑った。

「和人ってば、意外と古いこと言うのね。関西在住の女優なんてたくさんいるわよ。結婚にしても、私は別に異性に夢を見てもらうタイプの芸能人じゃないし、結婚しているくらいがちょうどいいと思うわ」

　それにしても、と宗次朗は腰に手を当てた。

「俺たちはここで店を確認してから、双方の親に挨拶っていう、サプライズのつもりだったのになぁ」

　宗次朗は、そう言って顔を上げる。

偶然ではないだろう、そこは空き店舗となった元酒屋だった。

酒蔵のように白い壁に黒い瓦《かわら》屋根の二階建てで、もし和菓子屋になっても違和感はない造りだ。

ここで白い作務衣《さむえ》に白エプロンをつけた宗次朗が、和菓子職人としてやっていく姿が、はっきりと目に浮かぶ。

そういうことか、と澪人は納得して、大きく頷《うなず》く。

眷属神たちは、宗次朗と杏奈が伏見に移住を検討していることを知り、なんとしても、強いエネルギーを持つ二人にここに住んでもらいたい、と思い、身内である小春に依頼することにしたのだ。

ハッキリ、『やんごとなきお方』が宗次朗だと言わなかったのは、姪《めい》である小春が、寂しがって引き受けなかったら困ると思ったのかもしれない。

「なんや、色々とあざとい……」

澪人は、ふぅ、と息をついて、額に手を当てる。

だが嬉《うれ》しそうな皆の姿を見ていると、これで良かったのだ、という気持ちにもなる。

思えば、伏見の赤いエネルギーは、浅草とどこか似ている。

宗次朗の肌に合うのだろう。

澪人が櫻井家に身を寄せると言った時、宗次朗が以前のような剣幕を見せなかったのは、自分が櫻井家を離れるから、という想いもあったに違いない。

宗次朗は、澪人の視線に気が付いて、目を合わせた。

「悪いな、澪人。ばーさんと小春のこと、少しの間頼むよ」

「なんや、それ、浅草でも言われたし」

本当だな、と宗次朗は笑う。

やがて、どこからか、音楽が聞こえてくる。

近隣の中学の吹奏楽部が演奏しているものだ。

杏奈は、嬉しそうに口の前で手を合わせた。

「わぁ、マーチング。私、大好きなの」

「俺も。ってか、まるで俺たちの歓迎会みたいだな」

あはは、と笑う宗次朗に、皆は思わず顔を見合わせた。

夕暮れ空に、白く大きな中秋の名月が浮かんでいる。

響く笑い声に、楽しい音楽。

それはまさに、伏見の眷属《けんぞく》神たちが開いた、宗次朗と杏奈の歓迎会だった。

第三章　ご挨拶の三笠と玉露の時間。

一

宗次朗と杏奈が結婚するというニュースは、まだ世間に公表はしていないが、身内の間だけでも十分、大きなセンセーショナルを巻き起こしていた。

中秋の名月の夕暮れ。

伏見稲荷参道商店街が祭りに賑《にぎ》わう中、宗次朗と杏奈はこれから自分たちが商売をしつつ住む店を確認した。

一階は店舗、二階が住居となっている。店内の様子は、酒蔵のような外観に合わせた、情緒のある雰囲気だ。床や柱や棚、カウンターの色はダークブラウンで、壁は真っ白い。

その広さは『さくら庵』より、やや小さめだが、『和菓子店としては、十分な広さだな』と宗次朗は満足そうに頷いていた。

二階の居住スペースは、一階と同様にダークブラウンのフローリングだった。

だが、一階とはうって変わり、シンプルなシャンデリアや百合《ゆり》のような形のライトが廊下に下がった、洋風モダンな造りだった。

『素敵、明治《めいじ》大正《たいしょう》ロマンを感じさせる』

と、杏奈はもちろん、同行していた小春や愛衣、由里子も感激していた。

そうして、その建物を大いに気に入った宗次朗と杏奈は、そのまま祇園の櫻井家に向かった。

吉乃に結婚する旨を伝え、その後、賀茂家に挨拶に行くという宣言をするためだ。

吉乃も驚きにひっくり返るのではないか、と思っていたが、

『――そないな気ぃしてたし。私は浅草から帰って来ぃひんて思てたくらいや。近くに住んでくれるのは、心強いし、嬉しい。宗次朗、杏ちゃん、ほんまに、おめでとう。杏ちゃんが、私の娘になってくれるなんて、夢みたいや』

とても嬉しそうに微笑んで、杏奈の手を取った。

杏奈はというと、感激して子どものようにむせび泣き、側にいた澪人は、やれやれ、と箱ティッシュを差し出す。

『姉さん、鼻水は拭《ふ》きましょか』

『もう、これから、宗ちゃんの胸に飛び込む予定だったのに！』

杏奈は、ティッシュではなを拭きながら不満げな声を出す。

『胸に飛び込んでくるなら、俺もはなは拭いてほしいな』

さらりと言った宗次朗に、杏奈は真っ赤になって言葉を詰まらせる。

吉乃と澪人と小春は声を揃えて笑った。

賀茂家への挨拶《あいさつ》は、事前に連絡した上で、翌日となった。

小春は同行していないが、澪人の話ではお祭り騒ぎだったそうだ。


「――本当に驚いたなぁ」

小春は、自室でノートを開いた状態で、独り言のように洩《も》らす。

時計の針は、夜十一時を過ぎている。

勉強をしていたが、集中力が途切れたので、日記をつけていたところだ。

今日は午後から宗次朗と杏奈が来て一緒に夕食を摂《と》り、宗次朗の部屋に残されていた荷物を持って、伏見に帰っていった。

宗次朗と杏奈は、すぐには結婚できない仕事上の都合があるものの、もう一緒に暮らし始めている。

店は、来月の一粒万倍と天赦日《てんしゃび》が重なる吉日にオープンするそうで、その準備に追われていた。

「こんなにいきなり、宗次朗さんと杏奈さんが、結婚を決めちゃうなんて……」

宗次朗の旅立ちは寂しいが、それ以上に二人を祝福する喜びの方が勝っている。

きっと吉乃も同じ気持ちだろう。

それに、と小春は目を伏せた。

宗次朗が帰ってきたら、家に戻ると言っていた澪人だが、宗次朗は本格的に出て行ってしまった。

それを受けて、澪人はもうしばらく櫻井家に下宿を続けることになったのだ。

それは大体、いつまでなのか気になるところだ。

『今しばらくは』と、澪人は言っていた。

でも、と小春は頬杖《ほおづえ》をつく。

今日も、澪人の帰りは遅かった。今もまだ帰って来ていない。

「……それは、やっぱり寂しいな」

ふぅ、と息をついて、月を眺める。

かたん、と部屋の外から物音がして、小春は弾《はじ》かれたように立ち上がり、扉を開けて廊下を確認した。

澪人が二階に上がってきたところだった。

澪人さん！ と声を上げそうになるも、吉乃が寝ていることを思い出して、小春はそれを飲み込む。

澪人は、小春を見て、にこりと微笑む。

おやすみ、と口パクで伝えてくれた。

小春も、おやすみなさい、と頭を下げて、扉を閉める。

たったこれだけのことに、ドキドキ、と鼓動がうるさい。

本当なら、彼の許《もと》に駆け付けて、寄り添いたいのに。

小春は扉に背中を当てたまま、ずるずると座り込む。

「思えば、最近……」

キス、していない。

小春は唇に指先を当てて、天井を仰ぐ。

「って、何考えてるの？」

小春は、急に恥ずかしくなり顔を伏せた。

二

関西圏の陰陽師《おんみようじ》たちが集う西の本部は、京都御所の東側にある。

平屋の和風づくりの庭が広い邸宅で、一見《いちげん》様お断りの高級料亭だと思っている人も多い。

陰陽師たちも妙な詮索《せんさく》をされるのを嫌い、その勘違いをそのままにしていた。

澪人は大学に行った後、西の本部に詰めて仕事をしたり、はたまた賀茂家の陰陽師が身を寄せる上賀茂《かみがも》の邸宅にも顔を出したりと忙しくしていた。

澪人がしている仕事は、祈《き》禱《とう》に儀式や、各方面からの報告を受けて、その対処について指示を出すことだ。

一つ一つは、澪人にとってさほど大変な仕事ではないが、なんせやることが多い。

もし、実家暮らしのままならば、家に帰っていないだろう、と本気で思うほどだ。

今は櫻井家の用心棒として、また小春を心配させないために、区切りの良いところで仕事を切り上げるようにして、なるべく早くに家に帰るようにしている。

今日も午前中は大学に行き、午後から西の本部に訪れてある程度仕事をして、資料をまとめていた。

窓から眩《まぶ》しいほどの西日が差し込んでいる。

もう帰ろう、と審神者頭《さにわがしら》に与えられている書斎を出て、廊下に出たところで西の本部長と顔を合わせた。

白髪が印象的な好々爺《こうこうや》である本部長は、澪人を見てにこやかに目を細める。

「おお、澪人くん」

澪人は、ぺこりと頭を下げた。

「本部長、お久しぶりです。九州から戻らはったんですね」

本部長は、禍津日神《まがつひのかみ》の禍《わざわい》を防ぐため、九州に渡っていた。

その仕事が終わった後、彼は九州の地を視察していたのだ。

「そやねん。昨日、帰ったとこや」

「お疲れさまでした」

「そんなん言われると気が引けるわ。視察ていうても、向こうの陰陽師の案内で温泉入ったり、美味《おい》しいもん食べたりしてたさかい」

「そら、良かった。禍津日神の件では、本部長にはえらいお世話になって」

いやいやいや、と本部長は、首を振る。

「それはこっちの台詞《せりふ》や。わたしがあんたはんを指名して東に行ってもろたんや。いやはや、澪人くんに頼んでほんまに良かった。澪人くんにお願いした時はあないな大きな事件が潜んでるて思いもしぃひんかった」

ほんまですね、と澪人は頷《うなず》く。

「それをあんたはんは、見事に片付けた。大したもんや」

澪人は苦笑して首を振る。

「そない言われると困ります。僕一人の力やあらしまへんし」

「もちろん、みんなのがんばりの結集やけど、澪人くんはまとめる力に長《た》けてはる。そやけど、最近の澪人くんはあかん」

「なんでしょう？」

「あん時は皆に仕事を振り分けて、ええようにしてくれたのに、最近はまたなんでも自分で抱えてしもてるやん。毎晩、遅うまでやらんと、もっと人に頼まなあかんで。澪人くんには右腕はいいひんのかいな？」

　はぁ、と澪人は洩らす。

　おそらくこの西の本部には、陰陽師の能力だけではなく、優秀な人材はたくさんいるだろう。

　だが、『右腕』となると話は別だ。

　自分が心から信頼の置ける人物となると、澪人は思いつかなかった。

「そうや、吉雄《よしお》さんに聞いたんやけど、澪人くんのお姉さん、あの宗次朗さんと結婚しはるて？」

　話題を変えた本部長に、澪人は気を取り直して、はい、と頷く。

　本部長が、あの、とつけたのには訳がある。

京の結界を立て直し、精霊たちに『主上』と崇《あが》められている宗次朗は、本部においても有名な存在だった。

「吉雄さんもご両親も、驚きにひっくり返りながらも、大喜びやったて話やね」

ええ、と澪人は微笑んだ。

賀茂家は、本当にお祭り騒ぎだった。

杏奈がずっと宗次朗に想いを寄せていたのは、賀茂家の皆が知るところだ。

賀茂家は、学歴よりも、肩書きよりも、財産よりも、『霊能力の高い者』を尊敬する節がある。

宗次朗の力は誰しもが認めるところであり、賀茂家的には願ってもない相手で、皆は心密《ひそ》かに、杏奈の想いが成就するのを祈っていた。

そのため、杏奈と宗次朗の縁談が決まったと知った賀茂家の皆は、こんなめでたい話はない、と歓喜乱舞の大騒ぎだった。

「めでたい話は、ええもんやね。式はいつなん？」

「それが、姉は独身女性向けのファッション雑誌の表紙をしていまして、その契約があと数か月あるて話なんです。婚約や同居は構わへんけど、籍を入れるのや式は、契約が終わってからにしてほしい、て事務所から言われたので、すぐではないみたいです」

「はー、難儀やな」

「そやけど、もう一緒に暮らすみたいです。伏見の眷属《けんぞく》神たちにえらい歓迎されて、夫婦て言われたはりましたし」

「二人は、結婚はお預けでも、もう結魂してるんやね」

「ケッコンはお預けでも、ケッコンしてる？」

　澪人は、ぱちりと目を瞬かせる。

「結ぶに魂の、『結魂』の方や」

　澪人は納得する。

　古来、神前で式を挙げていたのは、二人の魂を結ぶためというのもあった。古《いにしえ》からの因果や約束などなくても、これから生涯を共にしようとする男女の魂を、神様に結んでもらうというもの。

　それが、『結婚（結魂）式』だ。

　また、出会う前から、魂が結ばれている者もいる。いわゆる『運命の赤い糸』だ。

　そうした相手は、離れていてもいつか巡り逢《あ》い、結ばれる。

　それがたとえ、様々な事情があり、『結婚』という体を取れなくても、神々に『魂が結ばれた番《つがい》』、つまりは、『結魂相手』と認められている場合がある。

「まぁ、それはさておき、めでたいことやな。宗次朗さんが、澪人くんの義兄《あに》になるわけや」

「そうですね」

「宗次朗さん、陰陽師《おんみようじ》の仕事に興味はないやろか」

本部長は冗談めかしつつも、真剣な目でそんなことを言う。

澪人は、思わず笑った。

「僕も、あの方が組織に入ってくれたらて思うんやけど、興味はないでしょう」

そうやなぁ、と本部長は洩《も》らす。

「宗次朗さん、欲しかったんやけどなぁ」

「今、東に応援行ってて人手不足やからって、そない乱暴な」

「応援もそうやけど、最近は人手不足や。そこそこの力を持つ陰陽師はいても、なかなか本部に招集したいて思う人までいいひん。……中途半端に能力のある者を招集して、川瀬くんの父親や井上《いのうえ》くんのように、哀しい結果を生んでしまうのは避けたいし」

ふぅ、と本部長は息をつく。

陰陽師の力は、不確かなものだ。

どうやっても、霊能力を失《な》くした者は、組織では働けなくなってしまう。

できれば、組織もやる気がある者に解雇通告するようなことはしたくない。

そうしたことを踏まえて、本部長は、確固たる力を持つ者を組織に招くようにしていた。

　だが、それでも、井上のように力を失くす者は出てきてしまう。

「澪人くんや宗次朗さんみたいな力の強い人がいたらええんやけど」

「そう言わはりますけど、僕かて、いつ、川瀬さんの父親や井上さんのように力を失くしてしまうか分からへんし……」

　独り言のようにぽつりと零《こぼ》した澪人に、本部長は目を丸くする。

　一拍置いて、ぷっと笑った。

「何を言うたはるんや。あんたはんは、龍神《りゅうじん》様のご加護を受けてはるやろ」

　若宮のことを本部長に話したわけではない。

　だが、すべて分かっているかのように本部長は笑う。

「私の中では、澪人くんは次期本部長やで」

「ほんま、時期尚早ですて」

「それはそうやな。とりあえず澪人くんはもっと仕事を割り振って、減らさなあかん。私からの宿題や」

　はい、と澪人は頷いた。

　本部長は、ほな、と片手を上げて立ち去ろうとし、足を止めた。

「そうや、澪人くん、あの子はどうやろ」

振り返って言う本部長に、澪人は、ぱちりと目を見開いた。

三

本部長の言葉を受けた澪人は、櫻井家には戻らず、スクーターで上賀茂の賀茂邸に向かっていた。

賀茂邸の管理をする者は、夕方には帰宅してしまう。

今時分は、ちょうど管理人と入れ違いだろう。

澪人が呼んだ客人は運が良かったようで、帰る準備をしている管理人に会い、屋敷の中に通してもらったそうだ。

鴨川《かもがわ》の上流、賀茂川の畔《ほとり》の道をスクーターで走り、橋を東に渡って、上賀茂神社を横目に見ながら進んでいくと、賀茂邸がある。

澪人は駐車場にスクーターを停めて、屋敷に入った。

格式の高い社寺のように磨かれた廊下が目に入る。

まったく人の気配がしないが、玄関には客人のスニーカーがあった。

「ここまで気配を消せるていうのも、すごい才能やな」

澪人は、くすりと笑って、廊下を歩く。

中庭を見渡せる縁側に、彼は座っていた。

傍らには、缶コーヒーに白い箱。耳にはイヤホンを入れて音楽を聴いているようで、縁側の外に投げ出した足をぶらぶらさせながら、ふんふんと鼻歌を歌っている。

可愛らしい顔立ちの横顔、もともと、ウェーブがかった明るめの髪色だが、夕陽に照らされて金髪のように見える。

彼のファンの女の子ならば、天使のようだと騒ぐのかもしれない。

彼――朔也は、イヤホンを外して、澪人の方を向き、にっと八重歯を見せた。

「賀茂くん、お疲れ」

「お疲れ様、三善君。突然呼び出してしもて」

「ううん、ちょうど学校出るところだったから、ラッキーって感じだったよ。あっ、賀茂くんも、飲む？」

朔也はリュックから缶コーヒーを取り、澪人に差し出す。

「おおきに」

澪人はそれを受け取って、朔也の隣に腰を下ろした。

こうしている間にも太陽は沈んでいき、西の空には柔らかな橙色《だいだいいろ》が、ぼんやりと滲《にじ》んだように広がっている。

もうすぐ、空は藍色《あいいろ》に飲まれるだろう。

澪人は、かちり、と缶コーヒーのタブを開けて、一口飲む。

「俺さ、賀茂くんが俺を呼び出した理由、分かってるんだよね」

空を眺めたまま、ふふっと笑う朔也に、澪人は動きを止めた。

彼も強い力を持つ除霊師。

話をするまでもなく、感じ取ったのかもしれない。

「コハちゃんとのえっちに関することでしょう？」

真顔でそんなことを言う朔也に、澪人は飲んでいるコーヒーを噴きそうになって、ごほっとむせた。

「やっぱ、男だけの時じゃないと話せないよねぇ。賀茂くんも真面目だけどさ、好きな子と一つ屋根の下なわけで、色々とこう、大変なんだよね？　そろそろ次のステップに進めたくなってるんだよね？」

澪人がむせて話せないのを良いことに、朔也はぺらぺらと勝手なことを口にする。

呼吸を整えて、すぐに反論しようと思ったが、止《とど》まった。

朔也の言葉は当たらずとも、遠からずだ。

「――そやけど、逆や」

澪人は口を拭《ぬぐ》い、息を吐き出す。

朔也は、きょとんとして澪人の方を見た。

「逆って？」

「次のステップどころか、後退や。一つ屋根の下にいるからこそ、前のように触れ合えへん」

同居をはじめてから、キスはおろか、小春の手、髪にさえ触れていない。

なるほど、と朔也は、大きく頷《うなず》く。

「ちょっと触っちゃったら、ストッパーが外れそうで怖いんだね？」

決して口に出せない本音を、いともたやすく言い当てる朔也に、澪人はまた、ごほっとむせた。

「ちょっ、賀茂くん、さっきからむせてばかりだけど、大丈夫？」

朔也は、トントン、と澪人の背中を摩《さす》るように叩《たた》く。

「かんにん」

「もしかして、的外れだった？」

「——まぁ、おおむね当たってるんやけど」

ばつの悪さに、語尾が小さくなった。

「そりゃあ、分かるよ。俺も好きな子に対して似たようなことあるし」

「ほんま？」

「うん、まぁ」

「というか、三善君、好きな子いたんやね？」

澪人が意外に思いながら言うと、あーもー、と朔也は額に手を当てた。

「ほんと、賀茂くんって、そういうところには鈍感だよね。この前、伏見でちらっと会っただけの和人さんにはバレちゃったのにさ」

「兄さんがなんて？」

「和人さんはさ、俺の肩に手を乗せて、『もしかして、朔也くん、あの子のこと好きだったり？』って、こっそり聞いてきたんだ」

澪人は、やれやれ、と肩をすくめる。

「兄さんは昔から、そういうことには敏感やさかい」

そやけど、と澪人は気を取り直して、朔也を見た。

「あん時にそういう話になったってことは、もしかして、愛衣ちゃんやろか」

これは勘ではなく、消去法だ。

それまで飄々《ひょうひょう》としていた朔也の頬がほんのり赤くなった。

「うん、まぁ、そういうこと」

膝《ひざ》を抱えるようにして言う朔也に、澪人は小さく笑う。

「なんや意外な気ぃする半面、納得もするし」

「俺自身も、そんな気持ち」

「いつからや？」

「本当にいつの間にか。けど、自覚したのは、愛衣ちゃんが和人さんのことを好きなんだな、って分かった時かな」

ああ、と澪人は苦笑した。

「そんなもんやね」

「ほんとにだよ」

「気持ちを打ち明けたりしぃひんのやろか」

澪人が問うと、朔也はしばし黙りこんだ。

ややあって、朔也は自分の抱えた膝に顎《あご》を乗せて、はぁ、とため息をつく。

「愛衣ちゃん、今のところ俺をまったくそういう目で見てないし。仲間の一人としか思ってないのが、伝わってくるんだよねぇ。きっと伝えても戸惑わせて、ぎくしゃくしちゃうだけのような気がして……」

今の良い関係を壊したくない。

朔也が強く思っていることが、澪人に伝わってくる。

「その気持ちは、分かる気ぃする」

「でしょ。けど、なんかで二人きりになったら、ちょっと暴走しそうになる時があって。この前なんて愛衣ちゃん、巫女《みこ》の格好なんてしちゃってさ……。眼鏡っ子の巫女だよ。好きな子のそんな姿、萌《も》えしかないじゃん！　めっちゃ写真撮りたかったけど、下心が強すぎて、『記念写真撮ろう』の一言も言えなかった」

「分かるし」

　と、澪人は、即座に強い口調で、大きく頷く。

　あまりの反応の良さに、朔也は少し戸惑った。

「あ、分かるよね？」

「僕かてあの時……」

　澪人はそこまで言って、口を閉ざした。

　朔也は、おっ、と身を乗り出す。

「あの時、なに？」

　澪人の脳裏に、巫女の格好をして駆けてきた小春の姿が鮮やかに浮かぶ。

　振り返り、自分を見上げた姿も――。

「……二人きりやったら、大変やったて思う」

　ぽつりと零《こぼ》した澪人に、朔也は口に手を当てて、きゃーっ、と黄色い声を上げた。

「うるさいし」

「いや、でもさ、賀茂くん、大変だよね？　手を出せない好きな子と一つ屋根の下って、結構、拷問じゃない？」

「ほんま、そうやねん」

いつも帰りが遅くなっているのは、実のところ仕事が多いせいだけではない。

やろうと思えば、他の者に割り振ることもできるのだ。

澪人はあえて、忙しくしていた。

決して広くはないあの家で、小春と共に住んでいるのかと思うと、胸が詰まって、苦しく感じるほどだ。

もうひとつ、懸念もあった。

前世の自分は、若宮に力を分け与えられ、その大きな力を受け取り切れずに、早くに命を落としてしまった。

今の自分は当時の若宮の力を受け取れるだけの『器』を持って、生まれてきている。

それが故に、不安もある。

小春は、もしかしたら、自分の中の若宮を見ているのではないかと――。

初めて会ったとき、浮き世離れしていた、と無邪気に話していた小春の姿が頭の中を過《よぎ》る。

それは若宮を感じたからではないのだろうか？

彼女が誰を見ていようと、側にいられるだけで構わない。

その気持ちは本心なのに、ふとした時に、こんな女々しい感情に囚《とら》われる。

そんな自分が嫌で、落ち込むのだ。

ぐるぐると迷い、歪《ゆが》んだ気持ちの中で小春を前にすると、不安を払拭《ふっしょく》したい気持ちと相俟《あいま》って、抑えきれない強い衝動に駆られる。

強く抱き締めて、彼女を奪えたら――。

「ほんまに思うんや」

「え、何を？」

澪人は大きく息をついて、ごろんと倒れる。

時々、自分が怖くなるのだ。

触れた勢いで、止まらなくなったらと。

「――どうやったら、本能とか、欲望とか、制御できるんやろ……」

畳に横たわり、切なげに洩《も》らした澪人に、朔也はまた口に手を当て、きゃーっ、と奇声を上げる。

「そやから、うるさいし」

「ごめっ、あまりの色気に、男の俺までドキドキしちゃったよ」

「また、そないなことを……」

「そっかぁ。コハちゃん、賀茂くんの帰りが遅いことを心配してたんだけど、賀茂くんはそういうこともあって、早く帰れなかったわけだ」

澪人は、ばつの悪さに目をそらす。

「でもさ、帰らないのは良くないよ。普通の時間に帰って、部屋で筋トレとかしたら？」

「筋トレ……」

「筋肉は裏切らないって、よく聞くし。運動すると、多少スッキリするし、鍛えることで、櫻井家のより強い用心棒になれるわけだしさ」

「こない、具体的な解決方法を言うてくれるとは思てへんかった……」

「俺も役に立った？　嬉《うれ》しいな」

そやね、と澪人は口角を上げる。

その後に、ふと思い出したことがあり、澪人は顔をしかめた。

「いきなり、険しい顔してどうしたの？」

「この前、宗次朗さんが家の荷物を取りに来たそうなんや。僕は仕事でいいひんかったんやけど」

うん、と朔也は相槌《あいづち》をうつ。

「夜遅うに帰って、部屋の襖《ふすま》を開けたら、ダンベルが転がってて」

「宗次朗さんの？」

そやねん、と澪人。

「『使ってね♡　お兄たまより』ってメモ書き付きで。そん時は、『重いもんやし、持って帰るの、めんどかったんやな』て思てたんやけど……」

朔也は、ぶっ、と噴き出す。

「筋トレして発散しろってことだ」

何もかも宗次朗に見透かされている気がして、澪人は面白くなさに、ぶすっとして口を尖《とが》らせる。

ふと、空を見上げると、すっかり陽が落ちて、月が浮かんでいる。

「ここから見る月って、いいね」

朔也のつぶやきに、澪人は上体を起こして、座り直した。

「そやね、この季節は特に」

「俺の自己嫌悪を洗い流してくれそう……」

「自己嫌悪て？」

愛衣に邪《よこしま》な想いを抱くことを言っているのだろうか、と澪人は訊《たず》ねる。

朔也は、んー、と弱ったように目を伏せた。

「新学期にうちのクラスに編入してきた男子がいるんだ」

学徳学園は、中等部から男女でクラスが分かれる。

高校二年生の場合は、一、二組が女子クラス、三、四組は男子クラスだ。

男女で校舎も離れているので、積極的に会いに行くか、部活などで一緒にならない限りは、関われないのが現状だ。

「名前は、水城静流っていってさ」

その名を聞き、澪人はぱちりと目を見開いた。

「それって、もしかして……」

「そう、吉乃さんに依頼してきた竹美さんの息子」

「つまり、東堂周平さんの孫やね」

うん、と朔也は頷《うなず》く。

「彼は、両親と京都に引っ越してきて、北大路のアンティーク堂を受け継ぐことにしたみたい。英国人の血が色濃くてさぁ、金髪碧眼《へきがん》、真っ白い肌の王子様みたいな男子なんだよ。たぶん、愛衣ちゃんも見惚《みと》れるんだろうなぁ、と思ったら言えなくて」

朔也は、はぁ、と息をつく。

「それも、分かるし」

澪人が頷くと、朔也は冷ややかに一瞥《いちべつ》をくれた。

「超美形がよく言うよ。賀茂くんは全然負けてないからね」

澪人は苦笑した。

「結局のところ、外側よりも内側の問題なんやなて思う」

「うん？」

「昔、前世の話やけど、自分が『あの方みたいな容姿をしてたら』て、いつも強う思うてたんや。ほんで、その願いが叶《かの》うて、今の僕は当時願った姿形やねん」

朔也はぱちりと目を瞬かせた。

「そ、そうだったんだ」

そうやねん、と澪人は頷く。

「そやけど、すぐに不安になる。どんな容姿をしてようと、自分に自信がなかったら一緒やね」

「そっかぁ……」

朔也は月を仰ぎ、目を細めた。

秋の虫の声が静かに響いている。

二人はその声に耳を傾け、しばし無言で月を愛《め》でていた。

それじゃあ、と朔也は立ち上がろうとする。

「あんまり遅くなる前に、そろそろ帰ろうか」

そや、と澪人は手をうった。

「本題に入らな」

へっ、と朔也は顔を向ける。

「まだ、本題に入ってなかったの？」

「そやねん。小春ちゃんのことで、三善君を呼んだんとちゃうし」

ええっ、と朔也は大袈裟《おおげさ》に驚く。

「それじゃあ、話って？」

「本部長が、本部の陰陽師《おんみょうじ》にならへんかって」

それまでいちいちオーバーアクションをしていた朔也だが、今度はぴくりとも動かず、ただ目を大きく見開いていた。

「今日呼んだのは、その話をしたかったんや。三善君、本部に来いひん？　僕の仕事の手伝いをしてくれたら、助かるんやけど」

「え、なに、それ、どういうこと？」

「そやから、本部に……」

澪人が言いかけると、あのさ、と朔也は遮った。

「賀茂くん、自分がどれだけすごいことを言ってるか、分かってる？」

その言葉に澪人は戸惑いながら、頷いた。

「そうやね。大変なこともあると思うし、ゆっくり考えてもらえたら……」

違うって、と朔也は頭に手を乗せる。

「賀茂くんだって、本部の陰陽師に任命された時、一族は大騒ぎになったよね？」

「そうやね。わざわざ、宴会まで開いてくれて……」

「三善家では本部に呼ばれた者なんていないんだよ？　そもそも、俺ら三善家は陰陽師じゃなくて除霊師だし。陰陽師組織に招かれることはないって、一族間では諦《あきら》めてるし。けど、ずっと憧《あこが》れてるから、俺が賀茂くんと仲良くしてるだけで、大喜びなくらいだよ？　あ、別に家のために賀茂くんと仲良くしてるわけじゃないんだけど」

　分かってるし、と澪人は笑う。

「古《いにしえ》は分からへんけど、今の組織は、三善家の除霊師に仕事を手伝ってもらうことかて多々ある。陰陽師も除霊師もないやろ。僕らかて、祝詞《のりと》もお経も唱えるし」

「い、いいの？　俺が組織に入ったりして」

「本部長が、ぜひにて、三善君を指名したんや」

「――っ」

　朔也は口に手を当てて、黙り込んでいる。

「もちろん、僕と同じように、ＯＧＭの活動はそのままで、学業には支障ない程度でええんやけど、前向きに検討してくれるやろか」

「前向きも何も……ものすごいニュースだよ。三善家、狂喜乱舞だよ。なんていうか、畑仕事もしちゃってる田舎の騎士が、王都の騎士団に招かれた気分というか」

「なんやねん、その譬《たと》え」

「三善家、宴会を通り越して、神輿《みこし》を出しちゃうかもしれない。俺、神輿で本部まで運ばれちゃうかもしれない」

「……そないな目立つことは控えてほしいんやけど……」

分かってるよ、と朔也はすかさず返す。

「三善家のことはさておき、三善君自身はどうなん？」

「めっちゃ嬉《うれ》しいよ。ＯＧＭでも、もっと活動したいと思うのに、なかなかそういう依頼がなかったり、なんていうか、モヤモヤしてたんだ」

朔也が力を持て余しているのは、澪人も感じていた。

「そうやね」

「ありえなさ過ぎて、夢にも見てなかった夢が叶《かな》う気分」

大袈裟や、と澪人は笑う。

「ずっと陰陽師家で育って来た賀茂くんには、この感覚、分からないと思うよ」

朔也はそう言って、嬉しいなぁ、と熱っぽく洩《も》らす。

その横顔を見て、陰陽師の組織に心酔する者たちの姿が重なり、澪人の心に陰りが差した。

「そやけど、この仕事は不確かなもんや。いつ、川瀬さんの父親のように組織を出なあかんようになるか分からへん。そうやなくても、これからの時代、ほんまに組織が解体に追い込まれることもあるて思う。そやから組織に頼り切らず、できるだけ副業感覚でいてほしいんや」

ちゃんと伝えておかなければ、と澪人は強い口調で釘《くぎ》を刺す。

朔也は息を呑《の》んだ。

「賀茂くんも、副業感覚でいるの？」

そうやねん、と澪人は顔をしかめた。

「僕の力かて、あやふやなもんや」

本部長は、龍神《りゅうじん》の加護を受けているから大丈夫だろうという様子で笑っていた。

だが、あの龍神――若宮は、とても気まぐれだ。

ふと、天に還《かえ》り、現世から意識を離してしまえば、自分の力も薄れる可能性がある。

組織の仕事をしていれば安泰、というわけではない。

「そやから僕も、そろそろ将来のことを考えなあかんて、思てるし」

もう、大学三回生なのだ。

えっ、と朔也は目を見開いた。

「賀茂くん、就職とかするってこと？　就職活動してるの？」

「まだ、活動はしてへんけど、卒業したら、表の仕事もするつもりやし」

そっかぁ、と朔也は頬杖《ほおづえ》をつく。

「実は俺も来年高校三年だから、将来について考えてるんだよね。今のところ、大学部に進学するつもりではいるんだけど、それでいいのかなって……」

澪人は黙って相槌《あいづち》をうった。

朔也は、缶コーヒーをこくりと飲んで、傍らに置く。

その時、自分の横に白い箱があるのを思い出したようで、「あっ」と声を上げた。

「これ、松原《まつばら》さんから、もらってたんだ」

と、朔也は白い箱を両手に持ち、膝《ひざ》の上に置いた。

松原とは、主にこの屋敷を管理している賀茂家の人間だ。

「なんや、ケーキでも入ってそうな箱やな」

「宗次朗さんが今日の昼に届けてくれたんだって。なんでも今、試作品を作っていて、和菓子にうるさい松原さんに食べてもらってるみたい。『たまたま二つ残ったので、澪人さんと』って」

宗次朗の和菓子と知り、澪人は興味を引かれて、朔也の手許《てもと》を見る。

箱には『狐の三笠』と書かれている。

朔也は、意外と器用な手つきで丁寧に箱を開けた。

中に入っていた和菓子を見て、澪人と朔也は思わず、ぷっと笑った。

狐の形をしたどら焼きだった。

丸いどら焼きにちょこんと三角の耳が二つ。それだけ見ると、猫や犬とも間違えられそうなものだが、弓なりに吊《つ》り上がった目、鼻と口元、三本の髭《ひげ》の焼き印から一目で狐だと分かる。

　ひっくり返すと、後ろ姿をイメージしているのか、尻尾《しっぽ》のイラストだ。

「伏見で、狐のどら焼きかぁ。でも『三笠』って？」

「京都では、どら焼きを『三笠』て言うんや。これはほんま可愛らしい。ほな、僕、お茶を淹《い》れるし」

「俺も、手伝うよ」

　二人は台所に行って手を洗い、ミネラルウォーターを入れたヤカンを火にかける。

「ああ、宇治《うじ》の玉露があるやん」

　澪人は戸棚を見て、嬉しそうに目を細めた。

「ねぇ、玉露って、高級茶だって言うけど、煎茶《せんちゃ》とどう違うの？」

　朔也は、トレイや湯呑茶碗《ゆのみぢゃわん》を出しながら訊《たず》ねる。

「玉露は日光を遮って栽培するんや。ほんで基本的には手摘みやて」

「手間がかかってるんだ」

「そやねん。そうした手間をかけていることで、緑色が鮮やかで、甘みとコクのあるお茶になる。ちなみに、湯もぬるめに冷まして淹《い》れるのがええねん」

　澪人は、沸騰した湯を空の急須《きゅうす》に注いで、急須を温める。

その後に茶碗にも湯を注いで、冷ましていた。

茶碗の湯を湯冷ましに移し、急須に茶葉を入れてから、ぬるくなった湯冷ましの湯を急須に移す。

「……淹れるのにも、手間がかかるんだね」

そやねん、と澪人は笑う。

「手間やけど、のんびり考え事をしながら、玉露を淹れる時間は嫌いやないんや」

へぇ、と朔也は興味深そうに相槌をうつ。

そうして玉露が入り、二人は再び縁側に戻った。

並んで腰を下ろし、いそいそと三笠を手に取って、口に運ぶ。

「美味《うま》っ」

朔也は、口をついて出たようにそう言った。

うん、と澪人は頷《うなず》く。

柔らかくほどよく甘い生地に、中の餡《あん》は二種類入っていた。

微《かす》かに粒が感じられる程度の粒餡と、緑色の抹茶餡。向かって右側に粒餡、左側に抹茶餡だ。

三笠の中央ではその二種の餡が混ざり合い、絶妙な味わいだった。

「これは、三つの味が楽しめるんだね」

そうやね、と澪人は、三笠を手に頷く。

普通の粒餡の味、抹茶餡の味、その二種が混ざった味。

「二種類の餡が入った狐のどら焼きはさ、宗次朗さんと杏奈さんの『二人で力を合わせて伏見の地でがんばっていきます』って気持ちが伝わってくるよね」

三笠を頬張りながら、ニッと笑う朔也に、澪人は口許《くちもと》を綻《ほころ》ばせる。

朔也の言う通り、そんな想いも込められているのだろう。

そして、この三笠は、長く愛される一品となりそうだ。

今度は玉露を口に運ぶ。

「あー、美味い……渋みがなくて」

お茶ってこんなに甘いんだ、と朔也はしみじみとつぶやく。

甘い三笠を食べた後の玉露は、また格別だった。

「また、手間もかけたくなるやろ？」

澪人が問うと、朔也は、うん、と頷く。

「ひとつひとつの工程を丁寧にすることで、この味が出せるんだよね」

「そうやね」

「人生もそうかもしれないね」

えっ、と澪人は、朔也を見た。

「今後のこととか、将来のこととか、先々のことを考えて、早く結果を出したくて、ついつい、焦りがちになるけど、美味《おい》しい玉露を淹れるみたいに、目の前のひとつひとつを懸命に、丁寧にこなしていくのが大事というかさ」

　ふむ、と澪人は腕を組む。

「ほんまやね」

「でしょ？」

　人は、いつだって『今』しか生きられない。

　未来ばかりに意識を向けて不安に駆られるのも、過去にばかり囚《とら》われてしまうのも、不毛なことだ。『今』をないがしろにしてしまっているのだから……。

『今』を大事に丁寧に、そして楽しむのが一番なのだ。

　澪人は、玉露を飲みながら、また過去に囚われそうになっていた自分に気付いて、反省する。

「三善君は、時々、ええこと言う」

「時々って。これが俺のスタンダードだけど？」

　朔也は、得意げに胸に手を当て、澪人の方を向いた。

「そういうわけで、もちろん、将来についてはこれからもしっかり考えていくけど、とりあえず今は、できることをがんばる。勉強もそうだし、本部の陰陽師《おんみょうじ》としてがんばってみる。賀茂くんをがっちりサポートしてみせるよ」

おおきによろしゅう、と澪人は会釈をする。

先ほどよりも高い位置にある月は、美しく輝いていた。

掌編　真夜中のホットミルク。

秋の台風が通過中の夜。

窓を打ち付ける暴風雨に小春は眠れずに、上体を起こした。

「……ホットミルクでも飲もう」

ベッドをそろりと出て、廊下に出る。

吉乃も澪人も就寝中だ。

足音を立てないように気を付けて歩くも、そんな努力も無意味に思えるほど雨音が激しい。

台所に入って、照明をつける。

壁の時計に目を向けると、午前一時を過ぎていた。

「牛乳、牛乳」

冷蔵庫の扉を開いて、牛乳パックを取り出す。

ふと、廊下の方に人の気配を感じて、小春は顔を向けた。

澪人だった。

彼は作務衣《さむえ》姿で居間の入り口に立ち、心配そうにこちらを見ている。

「小春ちゃん、眠れへんの？」

「は、はい。すごい雨風ですよね」

「そうやね。この台風は夜のうちに通り過ぎてくれるみたいやけど……」

澪人はそこまで言って、小春の手許に視線を移し、

「小春ちゃん、牛乳を飲むんや？」

少し意外そうに尋ねた。

小春は、「はい」と牛乳パックを両手に持つ。

「気持ちを落ち着けるのに、ホットミルクを作ろうかと。作ると言っても温めるくらいですけど、澪人さんもどうですか？」

「ほな、呼ばれよか。おおきに」

澪人は居間に足を踏み入れて、ちゃぶ台の前に座った。

居間とはいえ、真夜中に澪人と二人きり。

小春は緊張からぎこちない手つきで小鍋《こなべ》を取り出し、ガスコンロに置いて、牛乳を少し入れる。

弱火で温めながら、少量ずつ牛乳を加えていく。

牛乳が温まったところで、ほんの少しのアクセントを加えてかき混ぜてから、マグカップに注いだ。

「どうぞ」

澪人の前にマグカップを置いて、自分はその隣に座った。

「いただきます」

澪人は、ふぅ、と表面を冷ますように息を吹きかけてから、そっと口に運ぶ。

「なんや、甘い……和菓子みたいな味する」

「ちょっとだけ、きな粉と黒蜜《くろみつ》が入っているんです。お祖母《ばあ》ちゃんに教えてもらった、和風のホットミルクで」

澪人は確かめるように、もう一度飲む。

「ほんまや。きな粉と黒蜜やね」

「ホットミルクって、メープルシロップや蜂蜜《はちみつ》を入れても美味《おい》しいし、シナモンパウダーを入れると、また違った味わいになるんですよ」

へぇ、と澪人は相槌《あいづち》をうつ。

「シナモンパウダーは、大人っぽくなりそうやね」

「ハニージンジャーも少し大人っぽくなります」

「より、体が温まりそうや」

そうなんですよ、と小春は頷《うなず》く。

こうして、澪人と二人きりで会話をするのは久しぶりだ。

ホットミルクの効果も相俟《あいま》って、心身がじんわりと熱くなる。

今も雨風ががたがたと窓を叩《たた》きつけている。

ゴロゴロと雷の音も聞こえてきていた。

『思えば、嵐の時、二人きりでいること、多いですよね』

小春は、そう言いそうになって、口を噤《つぐ》んだ。

澪人は前世の頃から嵐を怖がる自分を心配して、必ず駆け付けてきてくれていた。

嵐の時に二人でいることが多いのは、偶然ではなく、必然だった。

けれど、もう伝えなくてはならないだろう。

自分は今も、嵐は苦手ではあるが、あの頃とは違う。

以前ほど、怖がってはいない、と。

トラウマに近かった恐怖が薄れたのは、嵐のたびに澪人が駆け付けて側にいてくれたおかげなのだ。

「あかん、来そうや」

澪人がそうつぶやいた時、雷鳴が轟《とどろ》き、閃光《せんこう》が走る。

次の瞬間、停電になったようで居間の照明が消えて、真っ暗になった。

再び雷が光り、小春が「ひっ」と体を強張《こわば》らせた。

「小春ちゃんっ」

すぐに、強い腕が伸びてきて、小春の頭を抱えるように抱き締める。

気が付くと、澪人の腕の中。

顔を上げると、雷を睨《にら》みつけるかのように険しい表情で窓の方を見ている。

ゴロゴロと響く雷の音よりも、自分の心音の方が強く感じて、小春はギュッと目を瞑《つむ》る。

澪人の体から、微《かす》かに梅の花の薫りがする。

少しの懐かしさに、胸が詰まる。

もう怖さなど、どこかに吹き飛んでいた。

だが、澪人は、小春が今もとても怖がっていると勘違いしているようだ。

「大丈夫やで。雷はもうすぐ過ぎるし」

優しくそう言って、小春の背を撫《な》でる。

小春は、何も言わず、澪人の胸に頬を寄せた。

作務衣の感触の向こうから伝わってくる澪人のぬくもり。

耳に届く彼の心音。

安心させるように、包むように抱き締めてくれている。

その優しさが嬉《うれ》しくて、涙が出そうになる。

同時に、怖がる振りをして澪人に寄り添っている自分のあざとさに、罪悪感も生まれた。

だけれど、もう少しだけ、こうしていたい。

あんなに怖かった雷なのに、今は去ってほしくないと小春は願っていた。

だが、澪人が言っていた通り、雷のスピードは速いようで、ゴロゴロと轟いていた雷鳴が遠ざかっていくのが分かる。

もうすぐ、照明も戻るだろう。

離れたくないと思うのは、いけないことなのだろうか？

「とりあえず、ピークは越したようや。小春ちゃん、大丈夫？」

そう問われて小春は、こくり、と頷いて、澪人を見上げる。

今も心配そうな瞳《ひとみ》。

彼を騙《だま》しているようで、小春の胸が痛んだ。

もう、嵐を克服していることを……。

ちゃんと伝えよう。

「あの……澪人さん、ごめんなさい」

よく聞こえなかったのか、うん？　と澪人は確認するように顔を近付ける。

「私、もう怖くなかったんです……」

えっ、と澪人は目を瞬かせた。

「それなのに、澪人さんと寄り添っていられるのが嬉しくて、黙っていて……」

話しながら、情けなさと恥ずかしさに泣きそうになり、小春は俯《うつむ》いた。

澪人は何も言わない。

きっと、あざとくて計算高い、いやらしい子だと思っただろう。

がっかりされたかもしれない。

だけれど、自分のことも彼のことも偽りたくはない、と小春は顔を上げる。

「最近は特に、寂しかったんです。澪人さん、忙しかったですし……あと、どうして、澪人さんは……」

静かに小春が問いかけると、澪人は困惑した様子で、えっ、と訊《き》き返す。

「キス、とか、してくれなくなったんですか？」

小春は、震えるように小声で問う。

澪人は、ごくりと喉《のど》を鳴らした。

「あかんて、そんなん」

そう言って、小春を強く抱き締めた。

澪人の腕が小刻みに震えている。

真面目で古風な彼だ。

女の子が何を言う、と呆《あき》れたかもしれない。

「す、すみません」

「ほんまや」

澪人はほんの少し小春から離れて、頬に手を当てる。

「僕がどれだけ、我慢してるかて」

澪人は、真剣な眼差《まなざ》しで、小春を見詰めていた。

互いの視線が絡み合う。

小春がそっと目を瞑ると、唇が重なった。

触れたのは一度だけ。

澪人は唇を離して、こつんと額を合わせた。

「好きや、小春」

心からの囁《ささや》きに、小春の胸が苦しくなる。

「澪人さん……」

そやけど、と澪人は弱ったように笑う。

「あんまり煽《あお》らんといて。僕かて、普通の男なんやし……」

そう言って澪人は小春の髪に手を触れて、熱っぽい眼差しを向けた。

「っ！」

ぞくりとするような色気を前に、小春は目眩《めまい》を感じる。

「小春ちゃんはきっと、寄り添って、キスをしたりして、それでええと思ってるやろ？　そやけど、僕はもう少し、欲張りなんや……」

小春の心臓が強く音を立てる。

もし、自分がここで頷いたら、二人は……。

ふと、リアルに想像し、小春はそれを振り払うように小さく頭《かぶり》を振る。

小春の中に、少しの怖さが生まれた。

急に羞恥《しゅうち》心も押し寄せて、耳まで熱い。

「そ、そうなんですね？」

「そうやで」

澪人は、小春の髪に触れたまま言う。

「それじゃあ、その、もう寝ます」

「そうやね、それがよろしい」

「おやすみなさい」

小春が離れようとすると、澪人はそっと手を引いて、額にキスをした。

また、どきん、と鼓動が跳ねる。

「おやすみ、小春ちゃん」

そう言って微笑んだ澪人は、いつもの澪人だった。

小春は今一度、おやすみなさい、と会釈をして、居間を出る。

過去のトラウマである嵐を克服した夜。

それは、ホットミルクよりも、甘くて刺激的な蜜《みつ》時だった。

エピローグ

十月吉日。

その日、朝から櫻井家は大わらわだった。

吉乃は早朝に起きて、小春に薄紅色の訪問着を着付けてから、自分も薄紫色の訪問着を纏《まと》う。

二人の準備が整う頃、澪人も黒羽二重に、染め抜き五つ紋付きの長着と羽織に、仙《せん》台平《だいひら》の袴《はかま》をつけた姿で部屋から出てきた。

彼は、廊下で小春を見て、にこりと目を細めた。

「小春ちゃん、その着物、よう似合《にお》うてる」

小春は、ありがとうございます、とはにかんだ。

「澪人さんこそ」

仰々しいほどの第一礼装も澪人の場合は、それが違和感なくしっくりして見える。

「澪人ちゃんも準備できたんやな。ほな、そろそろ、出かける準備をしよか」

居間からひょっこり出てきた吉乃に、澪人は、ええ、と頷《うなず》く。

「そやけど、なんや、これから結婚式に出席するみたいや」

「ある意味、結婚式みたいなもんや。花はちゃんと届いてるやろか……」

吉乃は、心配そうにスマホを取り出す。

小春は、ふふっ、と笑った。

「大丈夫だよ、お祖母《ばあ》ちゃん」

「ほな、十時からで話やし、そろそろ行きましょか。ほんなら、吉乃さん、僕が運転しますわ」

おおきに、と吉乃は利休《りきゅう》バッグの中から車の鍵《かぎ》を出して、澪人に手渡す。その後に思い出したように顔を上げた。

「そやけど、澪人ちゃんと小春は午後からも祝いの席やろ？　帰り、車はどないしよ」

「賀茂家の者が、乗ってきた車を運転して吉乃さんを送りますし」

「ほんなら、安心や。おおきに」

三人は家を出て、店の裏手に置いてあるピンク色の軽自動車に乗り、祇園を出た。

「車でってどう行くんやろ？」

「僕の場合は、川端通《かわばたどおり》を南下します」

小春は後部席で、にこにこしながら二人のやり取りを聞いていた。

車窓から、澄んだ青空が見える。

雲一つない晴れ渡った秋の空だ。

いつもは混み合っているという川端通も、珍しく空《す》いていてスムーズに到着した。

澪人は、目的地近くで吉乃と小春を降ろした後、近くのパーキングに停めて、すぐに合流する。

吉乃は澪人が来たのを確認し、頷く。

「行こか」

小春と澪人は、はい、と頷いて、吉乃の後に続き、伏見稲荷参道商店街へと入っていく。

まだ、午前十時になっていないから、人はさほどでもないだろうと思っていたら、参道に入るなり思わぬ行列に出くわして、小春と吉乃はギョッとした。

行列は道や他の店の入り口を塞《ふさ》ぐようなことはなく、綺麗《きれい》に並んでいる。

「なんやねん、この列は……」

「お祖母ちゃん、これ、もしかして……」

小春は首を伸ばして、確認する。

背の高い澪人は手庇《てびさし》を作りながら、そうやね、と微笑んだ。

「宗次朗さんのお店の開店待ちの列や」

小春と吉乃は、呆然《ぼうぜん》としながら行列を確認した。

普通の人の目には見えないだろうが、白狐の列もあった。

そう、宗次朗の店は今日の十時に開店する。

戸惑いながら、行列を横目に店へと向かう。

黒い瓦《かわら》屋根に白い壁の、まるで酒蔵のような店構えに『さくら庵』という看板が付いている。

「……さくら庵」

吉乃は小さくつぶやいて、ふっ、と笑う。

「あの子も、せっかく自分の店を持ったんやから、好きな名前を付けたらええのに」

小春は、そっと口角を上げた。

「きっと、好きな名前を付けたんだと思うよ。それが『さくら庵』だったんだよ」

澪人も、そうやろうね、と同意した。

吉乃は目に浮かんだ涙を気付かれぬように指先で押さえて、店を眺めた。

店先には、開店を祝う花々。賀茂家や安倍家、三善家といった見知った名前から、三人が知らない人たちまで、届いた花が所狭しと並んでいた。

吉乃が贈った白い胡蝶蘭《こちょうらん》もある。

「あっ、小春、吉乃さん、澪人さん」

「おはようございます」

「おめでとうございます」

店を眺めていると、愛衣と由里子と和人が駆け付けた。

愛衣と由里子はワンピース、和人はスーツ姿だ。

三人ともおおきに、と吉乃はにこやかに頭を下げる。

「すごい行列ですね」

「もふもふ様の列まで！　たまらないわね」

和人と由里子がそう言う横で、愛衣はスマホを手に話す。

「今、グループメッセージ確認したら、朔也から『今バタバタしていて、出られないけど、後でチラッとでも顔出す』って入ってたよ」

小春は、そんな、と笑う。

「朔也くんも今日は忙しいんだから、無理しなくてもいいのに……」

横で話を聞いていた澪人は、小さく笑う。

「ほんまや。三善君も今日の主役やし」

そんな話をしていると、店の引き戸が開いた。

皆は一斉に、注目する。

だが、そこにいたのは宗次朗ではなく、賀茂家の松原だ。

和人は、ん？　と目を凝らす。

「あれ、松原さん？」

そやねん、と澪人は頷く。

「味見を頼まれていた松原さんは、すっかり宗次朗さんの和菓子に心酔してしもて、ここも手伝うことになったんや」

「そうだったんだ」

和人は、驚きながら相槌《あいづち》をうつ。

「おそらく、宗次朗さんは、松原さんが使えるて思うて、和菓子を上賀茂まで運んでたんとちゃうやろか」

そうつぶやいた澪人に、皆は、宗次朗さんらしいね、と笑う。

松原が扉を全開にすると、白い作務衣《さむえ》を纏《まと》った宗次朗とエプロンを着けた杏奈が出てきた。

この店は基本的に宗次朗が一人でやっていくのかと思っていたが、杏奈も女優の仕事がない時は、店を手伝うそうだ。

そこに松原も加わり、三人でやっていくのだろう。

宗次朗と杏奈が現れたことで、行列から歓声が出たが、二人が深く頭を下げると、辺りは静まり返った。

　宗次朗は、顔を上げて皆を見回しながら、口を開く。

「皆様、ありがとうございます。この度、ここ伏見稲荷参道商店街で和菓子店『さくら庵』を開店する運びと相成りました。これもひとえに皆様方のご愛顧の賜物《たまもの》と感謝いたしております。美味《おい》しいものは、喜びを倍増し、落ち込んだ時は人を救う力があると自分は信じています」

　小春は、話を聞きながら、かつて宗次朗が話していたことを思い出す。

　宗次朗は、かつて一度見た夢を諦《あきら》め、どん底に落ち込んでいる時に、『美味しいあん』という張り紙を見て、引き寄せられるように豆大福を食べ、『すべてが救われるくらいに美味《うま》いと思った』と話していた。

　小春もそうだった。

　以前、澪人に失恋した時、宗次朗に豆大福をもらったのだ。

　上賀茂神社境内のベンチに腰を下ろし、豆大福の美味しさが染みて、涙を流しながら食べた。前を向く、力をもらったのだ。

「今はまだ婚約者ですが、パートナーの杏奈と一緒に楽しくやっていこうと思います」

　その言葉を受けて杏奈は、今一度頭を下げる。

「そして彼女の親族の松原智也《ともや》さんが、この店を支える手伝いをしてくれることになりました」

そう言うと、松原が二人の横に、少し間隔をあけて立ち、頭を下げる。

「どうか、今後ともより一層のご愛顧、お引き立てを賜りたくよろしくお願いいたします」

三人が頭を下げると、皆は大きな拍手をする。

宗次朗と杏奈の手によって、暖簾《のれん》が掛けられ、拍手は一層大きくなった。

その後は、本当に大盛況の一言だ。

開店祝いに配った限定百セットの狐の顔入り紅白饅頭《まんじゅう》は、一瞬にしてなくなってしまった。

宗次朗は、伏見で商売を始めるということをしっかり意識していて、狐の三笠の他、狐の饅頭、肉球の大判焼きなどが、ショーケースに並んでいた。

評判を呼んだのは、『白狐のしっぽ』という新作だ。白いういろうの中に白餡《しろあん》が入った和菓子で、その名の通り、狐のしっぽの形をしていた。

また、『栗茶巾《ちゃきん》』、『雪うさぎ』、『和風マカロン』といった以前からの人気商品も、もちろん並んでいる。

そうした店頭の商品は、正午を待たずに完売した。

＊＊＊

結局、開店の手伝いをしたＯＧＭメンバーは、完売したのを確認した後、『さくら庵』を後にした。

「ほんま、見事な初日や」

しみじみと言う澪人に、小春は、はい、と頷《うなず》く。

「結局、朔也くん、来られなかったね」

「朔也は、午後からの主役だしね」

「そうなのよね」

「そうや、神輿《みこし》に乗せられてるかもしれへん」

「えっ、神輿？」

小春、愛衣、由里子、澪人、和人は、そんな会話をしながら、駅へと向かい、電車に乗り込んだ。

「中書島駅までって、どのくらいかしら？」

「ここからなら、十分ちょっとですよ」

――これから、三善家に向かうのだ。

朔也が、西の本部に招かれたことを祝して、祝いの席が設けられた。

ＯＧＭメンバーはその招待客であり、澪人に至っては主賓だ。

挨拶《あいさつ》までしなければならないということで、仰々しい正装をしている。

「挨拶、気が進まへん……」

澪人は、やれやれ、と肩を下げる。

挨拶と言えば、と和人は思い出すように目を細めた。

「宗次朗さんの挨拶、良かったよね。よくある挨拶なのかもだけど、熱がこもっていて、胸に訴えかけてくるというか……」

うん、と由里子も頷いた。

「私もつらい時、愛衣さんが宗次朗さんのお菓子を家まで届けてくれたじゃない？」

「あ、はい。みかんの和菓子ですよね」と愛衣。

「そう。とても美味しくて、救われたのを思い出したわ」

本当ですね、と小春は頷く。

そんな風に誰かを幸せにできる宗次朗が誇らしくも、羨《うらや》ましい。

そうそう、と和人が言う。

「新作、どら焼きとか大判焼きとかお饅頭とか、餡のものが多かったのは、やっぱり姉さんの名前の『あん』に掛けてるんだよね、きっと」

その言葉を受けて、皆は一瞬止まり、その後に「ああっ！」と声を揃えた。

「そういえば、餡もの多いなと思ってたんですよ」

「なるほど、杏奈さんとかけて」

「素敵ねぇ」

女性陣がうっとりする中、澪人はばつが悪そうに前髪をかき上げる。

「まったく気付かへんかった」

「……澪人」

その時、皆のスマホが同時に音を立てた。

おそらく、朔也がグループメッセージを送ったのだろう。

「朔也が『行けなくてごめんなさい。ご馳走《ちそう》たくさん用意してるから、楽しみにしてて』って」

いち早くスマホを確認した愛衣がそう言う。

「それは楽しみだなぁ」と和人。

結局、盛況すぎて和菓子を食べられなかったのだ。

かろうじて皆が手にしたのは、開店祝いの紅白饅頭だ。

これは、限定百セットとは別に、身内用に取っておいてくれたものだった。

『お客さん用にまわしてもらってもいいよ』

そう伝えたのだが、宗次朗は笑いながら、それを断った。

『ささやかだけど、身内への感謝だから、ちゃんと受け取ってくれよ』と——。

「それじゃあ、次は朔也くんを盛大にお祝いしましょう」

由里子の言葉に、皆は、はい、と頷く。

中書島駅に着き、一同は電車を降りて、弾んだ足取りで、三善家へと向かった。

＊　＊　＊

そんなお祭りが終わり、いつもの休日。

小春は開店準備に入ろうと、『さくら庵』の扉を開ける。

「小春ちゃん、暖簾は僕がやるし」

「ありがとうございます」

小春が外に出て、より大きく引き戸を開けると、澪人が手にした暖簾を店先に掛けた。

十月も下旬。

秋風は心地よさの中に、冷たさも含んでいた。

本当に、祭りの後という感じがする、と小春は身を縮ませる。

三善家の宴会は、それは盛大なものだった。

家の前までつくと、三善家の人たちはまるで建前祝いのように、餅《もち》やお菓子を撒《ま》いていた。

自分たちの家から、陰陽師《おんみょうじ》組織の本部に呼ばれる者が出たのを祝うものだったが、対外的には、八雲の結婚を祝って、と伝えていた。

中庭に入ると、三善家の人たちが、目を輝かせて、朔也の登場を待っていた。

話のネタに過ぎないだろうと思っていたのだが、朔也は本当に、わっしょいわっしょいと神輿に担がれて現れたのだ。

神輿の上で朔也は、まるで豊臣秀吉《とよとみひでよし》のような絢爛《けんらん》豪華な着物を纏《まと》い、歓声を送る皆に手を振り、応《こた》えている。

OGMのメンバーは多少引きつつも、皆と共に朔也の出世（？）を心から祝った。

「派手派手だったけど、楽しかったな」

小春は、三善家の宴会を振り返り、ふふっ、と笑う。

だが、本当に祭りも終わりだ。

自分たちは、来年には受験生だ。

気を引き締めなくてはならない。

小春が、うん、と頷いたその時、

「小春さんっ」

聞き覚えのある少年の声がした。

それまで特に気配が感じられなかったので、小春と澪人は少し驚いて顔を向ける。

そこにいた子を見て、二人は納得した。

真っ白い髪に、白い肌。一見外国人かと見まがうが、顔立ちは和風の、純白の見た目の少年が、屈託のない笑みを浮かべている。

「——千歳くん」

藤原千歳だった。

「お久しぶりです」

千歳は、小さな足音を立てて、小春の許《もと》へと駆け寄る。

少し離れたところには、彼の祖母・千賀子《ちかこ》がいて、こちらに向かって歩いている。

目が合うなり、微笑みながら会釈をした。

小春も会釈を返した後、腰をかがめて千歳を見る。

「千歳くん、京都に遊びに来てくれたの？」

東京で彼と別れる時、京都に遊びに来てほしいと小春は誘っていた。

それが、こんなに早く叶《かな》ったのを嬉《うれ》しく思いながら問うと、千歳は首を振る。

「ううん、違うよ」

「そうなの？」

小春が戸惑っていると、千歳は目を輝かせて、身を乗り出した。

「僕ね、これからお祖母《ばあ》ちゃんと京都に住むことになったんだ」

えっ、と驚く小春と澪人をよそに、千歳は話を続ける。

「僕には、東京より、京都の方が肌に合ってるだろうからって。だから、小春さん、澪人さん、これからよろしくね」

千歳はそう言って、にこりと微笑む。

彼の傍らには、浅草で出会った狛猫《こまねこ》・コマの姿もあり、よろしくお願いします、と頭を下げている。

小春と澪人は、思わず顔を見合わせる。

嬉しいけれど、何か起こりそうな気がしてならない、それは平和な秋の朝だった。

あとがき

いつもご愛読ありがとうございます、望月麻衣《もちづきまい》です。

わが家は祇園《まち》の拝み屋さんシリーズも十三巻目。

大きな展開を迎え、大団円に終わった前巻。

シリーズの中に鏤《ちりば》められていた伏線も（全部じゃないかもしれませんが）回収でき、

とても清々《すがすが》しく終われたので、実は、前巻で完結することも考えました。

ですが、ありがたくも編集さんに『ぜひ、続けてください』と言っていただけたのと、やはり、小春と澪人には京都に帰って来てもらいたい。また、小さな町の拝み屋さんが、国を救おうとするところまで話が大きくなってしまっていたので、元の雰囲気に戻ってほしい、という想いもあり、もう少し続きを書かせていただこうと思いました。

そのため、今巻は、最初の頃の雰囲気に戻った、原点回帰のような一作になったのでは、と思っています。

祇園を舞台に、恋と和菓子と少しの不思議。

今巻は久々に、そんな元の雰囲気に戻り、私自身、懐かしく、とても楽しかったです。元の雰囲気より、かなり賑《にぎ》やかでもありましたが……。

さて、今回はこのあとがきの後に、おまけ掌編を用意しております。双葉社さんより刊行されている著作『京都寺町三条《てらまちさんじょう》のホームズ』（双葉文庫）というシリーズとのコラボの掌編になります。

タイトルは、『拝み屋さんと鑑定士』。

実は、既に京都ホームズの方には、澪人が登場しています。出版社を飛び越えて、出張している陰陽師《おんみょうじ》です。

どこに登場しているかというと、京都ホームズの十二巻に収録されております。（同じく『拝み屋さんと鑑定士』というタイトルですが、そちらは京都ホームズの登場人物視点のお話です）

本編とは切り離した、娯楽としてお楽しみいただけたら嬉しいです。

話を戻しまして、わが家は祇園の拝み屋さんシリーズは、もう少しだけ続きます。

どうか、最後までお付き合いいただけると嬉しいです。

今巻もこの場をお借りして、お礼を伝えさせてください。
私と本作品を取り巻くすべてのご縁に、心より感謝とお礼を申し上げます。
本当に、ありがとうございました。

望月麻衣

番外編　拝み屋さんと鑑定士

吉乃と骨董《こっとう》品店『蔵』の話題になったことから、小春はふと、初めてあの店に訪れた日の出来事を思い出した。

衝撃的だったな、と小さく笑う。

そう、あれは小春が祇園にやって来て、間もない頃。

秋も深まる十一月のはじめだった。

＊＊＊

「――骨董品店『蔵』？」

小春は、澪人に連れられて、『蔵』という店に向かっていた。

場所は、寺町三条だという。

商店街のイメージと共に浮かんでくるのは、大きな蟹《かに》のオブジェだ。

「ああ、あの蟹屋さんの辺り……」

ぽつりとつぶやいた小春に、澪人はくすりと笑って頷《うなず》いた。

「そやね。その近くや。僕的には、『三嶋亭《みしまてい》』の近くて印象なんやけど」

「すき焼き屋さんですよね」

「知ってたんや」

はい、と小春は頷く。

「店に入ったことはないんですけど、年末に、お祖母《ばあ》ちゃんが、あそこで良いお肉を買ってきてくれたことがあって」

「そやねん、京の人間は、年末になるとあそこでええ肉を買《こ》うて、すき焼きとかする人が多いさかい。えらい行列になるんやで」

「そうなんですね」

祇園から寺町三条は近くはないが、歩けない距離ではない。

時間にして二十分くらいだろうか。

小春と澪人は、四条通《しじょうどおり》を西へと進み、新京極通《しんきょうごくどおり》に差し掛かったところで、北に曲がり商店街のアーケードに入った。

ここは錦《にしき》市場が近く、いつも人で賑わっている印象だ。

「今日は、その『蔵』にお届け物があるんですよね？」

「そうや。付き合《お》うてくれて、おおきに」

そんな、と小春は首を振る。

澪人とこうして歩けるのは、とても嬉《うれ》しかった。

だけれど、彼はどうして、私を同行させたのだろう？　気晴らしをさせてあげようと思ったのだろうか？

小春は疑問に思って、小首を傾げる。

そんな小春の気持ちを察したのか、彼は話を続けた。

「店にいはるのは、オーナーのお孫さんの家頭清貴《やがしらきよたか》さんていう人で、僕より少し年上の人なんや」

「やがしらきよたかさん」

家に頭と書いてから始まり、『家頭清貴』という字も、澪人は教えてくれた。

「僕一人やと歓迎されへん気ぃするし、小春ちゃんが一緒の方がええ思うて」

どうして、澪人一人では、歓迎されないのだろう？

もしかしたら、その人と不仲なのだろうか？

小春は少し不安になって、ちらりと隣を歩く澪人を見上げる。

彼はいつもと変わらぬにこやかな様子だ。

「あそこやね」

澪人の視線の先には『蔵』という看板に、まるでレトロな喫茶店を思わせる小さな店構えの骨董品店があった。

澪人は歩みのペースを落とすこともなく、扉に手を掛ける。

「こんにちは」

扉を開くと、ドアベルが『カラン』と鳴る。

「こ、こんにちは」

小春も彼の後に続き、ぎこちなく会釈をした。

店はたくさんのアンティークに埋め尽くされている。

古い物には、良からぬ想念がついていることがある。単体ならば気にならなくても、量が多くなると息苦しくなってしまう。

小春は一瞬、警戒するも、すぐに表情を緩ませる。

こんなに古い物がひしめき合っているのに、埃《ほこり》っぽさも、古い想念もまるでない。

それどころか清涼感さえ感じられる。

おそらく、ここにある品のすべてが大切にされていて、その品々はこの店に感謝の念すら抱いているからかもしれない。

アンティークが持つ、誇りの高さ。

それがこの店にはあるように感じられ、小春は安堵《あんど》の息をついた。

「——ああ、澪人くん。いらっしゃいませ」

小さく見えたけれど、この店は随分と奥行きがあるようだ。

棚の奥から青年が姿を現した。艶《つや》やかな黒髪に、白い肌、白シャツに黒いベストと黒いパンツ、すらりとした細面の美青年だ。

彼が、オーナーの孫の家頭清貴なのだろう。

黒髪、白肌、美青年、となると澪人の特徴と一緒ではあるが、二人は雰囲気がまるで違っている。

澪人がとてものんびりふんわりしているのに対して、彼はとても機敏そうだ。

小春は思わず、固唾《かたず》をのんで二人の様子を窺《うかが》ってしまう。

すると清貴が、そっと自分に視線を合わせてきた。

「っ！」

目が合い、『しまった』と小春の体が強張《こわば》った。

今日は、吉乃の御守を持ってくるのを忘れてしまったからだ。

小春はすぐに目をそらしたが、遅かった。

ほんの一瞬で、彼の中の膨大な思考がキャッチされたのだ。

年齢はおそらく、十五、六歳の高校一年生。身長１５５センチ、体重48キロくらい。B80、W62、H82、右肩がやや下がり気味で少し右腕の方が太い↓右利き。全体的に筋肉を感じさせない↓運動部ではない。澪人くんとの距離感↓恋人関係ではない。そもそも、彼は交際している女性をここに連れてくるタイプではない。とすると、彼女は賀茂家の人間。親戚《しんせき》の少女↓イントネーションが関東↓祇園の吉乃さんの許《もと》に東京から来たお孫さん＝彼女。目をしっかり合わせた後にそらす＝元々活発だったものの何かの要因（思春期？）があり、人見知りに。警戒心が強い↓怯《おび》えさせないように気をつける。まだ幼い様子↓出すお茶はココアorホットミルク。しかしあからさまにお子様扱いを嫌う年齢↓ミルクティorカフェオレあたりだろうか——。

「…………」

ほんの一瞬で、そこまで思ったところで、

「はじめまして、家頭清貴と申します」

彼は、胸に手を当ててにこやかに微笑む。

「は、はじめまして、櫻井小春です」

「彼女は吉乃さんのお孫さんで、僕のはとこなんです」

澪人が小春を紹介すると、清貴は、既に予測を立てていたにも拘《かかわ》らず、

「そうでしたか、吉乃さんの……」

と、まるで思いもよらなかったかのような反応で、相槌《あいづち》をうっていた。

すごい、と小春は息を呑《の》んだ。

――この人、わずか数秒で私のほとんどのことを当てた、と小春は冷や汗が出るのを感じた。

小春は、今までたくさんの人間の思考を読み取ってきた。

けれど、彼はまったく異質だった。

まるで、人の形をした機械のようだ。

電流が脳内を目まぐるしく飛び交い、状況を判断し、即座に答えを導き出す。

小春が圧倒されていると、

「清貴さん、ようやく持って来られました。もっと早くに終わる予定やったんやけど、思ったより厄介でこないに時間がかかってしもて」

澪人はカウンターの上に風呂敷《ふろしき》を置き、それをほどいて桐の箱を出す。

「いえいえ、ありがとうございます」

清貴は内ポケットから白い手袋を取り出してはめ、箱を開けた。

中には、櫛《くし》が入っていた。花に蝶《ちょう》、朱色に金が施された色鮮やかで、見事な彫刻のつげ櫛だ。

「……綺麗《きれい》」

小春がうっとりと洩《も》らすと、澪人は、そやけど、と苦笑した。

「これにどえらいもんが憑《つ》いてて浄化に時間がかかりましたわ」

「どえらいもの？」

「たくさんの負の念が重なってこびりついて、ひとつの怪物になったイメージやね」

ため息を吐くように言う澪人に、「そうでしょうね」と清貴が相槌をうつ。

「これは、持ち主を次々に不幸にしていった『呪いの櫛』だったんですよ」

えっ、と小春は驚いて、今一度櫛を見る。

今は何も感じられない、普通の櫛だ。

澪人が時間をかけて除霊をしたのだろう。

「多くの人を不幸にしながら、それでも、人々を魅せてやまなかった櫛なんです……

しかし、変わらずに美しい品ですが、憑き物が取れると、『惹《ひ》きつけてやまない魔性』のようなものはなくなるのですね」

清貴は櫛を手に、しみじみと洩らす。

「そうやね、そんなもんです」

櫛に目を落としながら、愉《たの》しげに口角を上げている清貴を眺めながら、小春の中で、彼に対する好奇心がわいてきた。

今まで小春は、人の心の中を自ら進んで覗《のぞ》きたいと思ったことはない。

　だが今はじめて、彼の思考はどうなっているのだろう、と気になった。

　彼は自分たちとは、また別の『力』を持っているのだろう。

「わざわざ、ありがとうございます。何か飲まれませんか？　コーヒーでも。紅茶やカフェオレもご用意できますよ」

「おおきに。そやけど、僕らはすぐにおいとまします」

「何か用事でも？」

「そういうんやありまへんけど」

　二人の会話を聞きながら、そういえば、どうして澪人は、『僕一人じゃ歓迎されへん』などと言ったのだろう、と小春は眉根《まゆね》を寄せる。

　二人は、とても気が合いそうなのだ。人間離れしているという点でも似ている。それにしても……、と小春は、清貴を横目で見る。

　同じ人間離れでも、澪人とは種類が違う。こんな人が存在するなんて……。

　……人間らしい感情などを抱いたりするのだろうか。

　小春がそんなことまで思っていると、『カラン』とドアベルが鳴り、

「おはようございます」

　明るい挨拶《あいさつ》と共に、女子高生と思われる少女が入ってきた。

　その挨拶から、彼女がここのバイトであることが分かる。

高校三年生くらいだろうか。

セミロングの、可愛らしい人だった。

小春は、彼女に向かって会釈をしつつ、なんとなく清貴に視線を移した。

彼と少しだけ視線が合った、その瞬間……。

嗚呼《ああ》、葵《あおい》さん！

今日も可愛いですっ！


「――っ？」

とても大きな心の声に、小春は驚いて目を剝《む》いた。

ああ、なんやろ、今日も最高に可愛いです、葵さん。そやけど、スカート短すぎやしませんか。いや、僕は嬉《うれ》しいのですが、その弾んだ息から、小走りでここに来たことが窺《うかが》えます。スカートが跳ねて他の輩《やから》に見られたらどうするというのでしょうか。ああ、もう、この人はほんまに無自覚で困ります。そやけど、あかん、この目を見たら何も言われへん。ほんで、なんやろ。葵さんが店内に入って来るなり、店の照明がパァッと明るくなったようや。天使や。

「………」

小春が圧倒されていると、背後から澪人がスッと片手で目隠しをしてきた。

「っ！」

驚いて振り返ると澪人は、ふふふ、と笑う。

「恋しい人を前にした男の頭の中は覗いたらあかんよ」

と小声で囁《ささや》く澪人に、

「……はい」

小春は真っ赤になって頷《うなず》く。

骨董《こっとう》品店『蔵』での出来事。

それは小春にとって、色々な意味で衝撃的なひと時だった。

参考文献

『神道大祓―龍神祝詞入り―』（中村風祥堂）
『神道と日本人　魂とこころの源を探して』山村明義（新潮社　二〇一一年）
『本当はすごい神道』山村明義（宝島社新書　二〇一三年）
『京の風水めぐり　新撰　京の魅力』目崎茂和／文　加藤醸嗣／写真（淡交社　二〇〇二年）
『本当は怖い京都の話』倉松知さと（彩図社　二〇一五年）
『平安京は正三角形でできていた！　京都の風水地理学』円満字洋介（じっぴコンパクト新書　二〇一七年）
『古地図で歩く　古都・京都』天野太郎／監修（三栄書房　二〇一六年）
『別冊宝島２４６３　京都魔界図絵　歴史の闇に封じられた「魔界」の秘密を探る』小松和彦／監修（宝島社　二〇一六年）
『運命を導く東京星図』松村潔（ダイヤモンド社　二〇〇三年）
『増補改訂版　最新占星術入門（エルブックスシリーズ）』松村潔（学習研究社　二〇〇三年）
『いちばんやさしい西洋占星術入門』ルネ・ヴァン・ダール研究所（ナツメ社　二〇一八年）
『図説　日本呪術全書』豊島泰国（原書房　一九九八年）
『増補　陰陽道の神々（佛教大学鷹陵文化叢書）』斎藤英喜（佛教大学生涯学習機構　二〇一二年）

本書は書き下ろしです。

わが家《や》は祇園《まち》の拝《おが》み屋《や》さん13

秋《あき》の祭《まつ》りと白狐《しろぎつね》の依頼《いらい》

望月《もちづき》麻衣《まい》

令和2年 10月25日　初版発行
令和6年 11月25日　8版発行

発行者●山下直久

発行●株式会社KADOKAWA
〒102-8177　東京都千代田区富士見2-13-3
電話　0570-002-301(ナビダイヤル)

角川文庫 22384

印刷所●株式会社KADOKAWA
製本所●株式会社KADOKAWA

表紙画●和田三造

●お問い合わせ
https://www.kadokawa.co.jp/（「お問い合わせ」へお進みください）
※内容によっては、お答えできない場合があります。
※サポートは日本国内のみとさせていただきます。
※Japanese text only

ISBN 978-4-04-109305-4　C0193

◆◇◇

角川文庫発刊に際して

角川源義

第二次世界大戦の敗北は、軍事力の敗北であった以上に、私たちの若い文化力の敗退であった。私たちの文化が戦争に対して如何に無力であり、単なるあだ花に過ぎなかったかを、私たちは身を以て体験し痛感した。西洋近代文化の摂取にとって、明治以後八十年の歳月は決して短かすぎたとは言えない。にもかかわらず、近代文化の伝統を確立し、自由な批判と柔軟な良識に富む文化層として自らを形成することに私たちは失敗して来た。そしてこれは、各層への文化の普及滲透を任務とする出版人の責任でもあった。

一九四五年以来、私たちは再び振出しに戻り、第一歩から踏み出すことを余儀なくされた。これは大きな不幸ではあるが、反面、これまでの混沌・未熟・歪曲の中にあった我が国の文化に秩序と確たる基礎を齎らすためには絶好の機会でもある。角川書店は、このような祖国の文化的危機にあたり、微力をも顧みず再建の礎石たるべき抱負と決意とをもって出発したが、ここに創立以来の念願を果すべく角川文庫を発刊する。これまで刊行されたあらゆる全集叢書文庫類の長所と短所とを検討し、古今東西の不朽の典籍を、良心的編集のもとに、廉価に、そして書架にふさわしい美本として、多くのひとびとに提供しようとする。しかし私たちは徒らに百科全書的な知識のジレッタントを作ることを目的とせず、あくまで祖国の文化に秩序と再建への道を示し、この文庫を角川書店の栄ある事業として、今後永久に継続発展せしめ、学芸と教養との殿堂として大成せんことを期したい。多くの読書子の愛情ある忠言と支持とによって、この希望と抱負とを完遂せしめられんことを願う。

一九四九年五月三日

転生義経は静かに暮らしたい

田井ノエル

源義経が転生したのは鎌倉の女子高生!?

鎌倉の神社の娘、牛渕和歌子《うしぶちわかこ》には前世——源義経《みなもとのよしつね》の記憶がある。でも今世は普通の人生を送りたいと願っていた。なのに入学した高校には、元・武蔵坊弁慶《むさしぼうべんけい》だというヒーロー系体育教師、武嗣《たけつぐ》と元・静御前《しずかごぜん》だという王子様系男子高生、静流《しずる》がいた！　２人からいきなり求婚され、鎌倉をさまよう悪鬼退治にも奔走する騒々しい日々が始まる。でも実は和歌子にはある前世の謎があって……。笑って泣ける現代転生ラブコメ×青春成長物語！

角川文庫のキャラクター文芸

ISBN 978-4-04-112399-7